A ÚLTIMA MADRUGADA J.P.CUENCA

CRÔNICAS POR

LeYa

DIRETOR EDITORIAL
Pascoal Soto

COORDENAÇÃO EDITORIAL
Tainã Bispo

PRODUÇÃO EDITORIAL
Fernanda Satie Ohosaku

ASSISTENTE EDITORIAL
Arthur Higasi

PREPARAÇÃO DE TEXTO
Maria Carolina de Araujo

REVISÃO DE TEXTO
Daniela Lima

FOTO DA CAPA
Bruno Veiga

CAPA, PROJETO GRÁFICO
Retina 78

Dados Internacionais de Catalogação na Publicação (CIP)
(Câmara Brasileira do Livro, SP, Brasil)

Cuenca, João Paulo
A última madrugada / crônicas por J. P. Cuenca. -- São Paulo : Leya, 2012.

ISBN 978-85-8044-439-1

1. Crônicas brasileiras I. Título.

12-03601 CDD-869.93

Índices para catálogo sistemático:
1. Crônicas : Literatura brasileira 869.93

[Uma editora do Grupo LeYa]
Rua Desembargador Paulo Passaláqua, 86
01248-010 – Pacaembu – São Paulo – SP
www.leya.com.br

SUMÁRIO:

MENINO DE NOVE ANOS DESCOBRE A METAFÍSICA

O que vou ser depois que eu morrer? Eu vou perder os meus pensamentos?

A partir de uma hora da manhã, a Pizzaria Guanabara começa a ser ocupada por monstruosas criaturas que ali desembarcam, sabe-se lá de quais obscuros recantos da galáxia. A esquina mais alcaloide do quadrilátero entre Ataulfo e Aristides (que ainda tem o Diagonal, o BB Lanches e o fantasma do Real Astória) ganha ares de banheiro público, onde não há privacidade entre as mesas ocupadas por louras calipígias de farmácia e dopados de camisa polo listrada. Sob maresia leblonina e gritos de torcida, o clima é de iminente desastre.

Mas não nos concentraremos no que acontece ao fundo do quadro, e sim no que é dito em nossa mesa, que passa a flutuar numa rara redoma de silêncio quando a jovem mãe que nos acompanha fala de ontem, quando o filho de nove anos a acordou chorando no meio da noite com a seguinte pergunta:

– Mãe, por que é que a gente vive se um dia vai morrer?

Tento dizer que a criança descobriu a metafísica, o que é admirável e perfeitamente normal para um garoto vascaíno, morador de Copacabana, matriculado em uma escola laica. A jovem mãe conta que procurou argumentar com aquele velho papo de que viemos ao mundo para fazer coisas boas. O filho, que é cruz-maltino, mas não é bobo, não caiu tão fácil:

– Mas, mãe, e se eu não fizer nada de bom pelos outros? E se eu não for famoso? E se eu não for como o John Kennedy?

E ainda:

– Eu tenho medo porque eu sei que vou morrer, e quando isso acontecer eu não vou estar mais aqui, e não vou ter mais os meus pensamentos. Eu tenho medo de pensar que um dia eu não vou ser mais eu. O que eu vou ser depois que eu morrer? Eu vou perder os meus pensamentos?

Ao nosso redor, o sistema em desequilíbrio da Pizzaria Guanabara segue em ruidosa desordem, com as portas do banheiro em movimento perpétuo e casais sendo feitos e desfeitos em enorme velocidade. No alto de tudo, estrelas explodem gerando supernovas e o tempo se estilhaça: nosso quadrilátero de ossos no Leblon, o balneário de San Sebastián, a porta verde da *rue* du Temple, 94, em Paris, e todo o nosso sistema solar convergem para um ponto negro, em que todas as direções do tempo se encontram e se anulam num instante puro e vazio.

A jovem mãe, que sabiamente descartará qualquer solução religiosa para a questão, pensa em consultar manuais e desenvolver um porto filosófico para a procura do filho. Dali, procuro emplacar aquele outro velho papo de que "o importante não são as respostas, e sim as boas perguntas", mas a mãe padece de uma preocupação aguda e urgente, como é a de todas as mães, e deixa rapidamente de considerar minhas opiniões.

O que não digo na madrugada úmida da Pizzaria Guanabara – ou digo na Pizzaria Guanabara que construo agora sobre essa folha de papel – é que o menino de nove anos está condenado.

O menino de nove anos vai passar a vida inteira fazendo perguntas. Mas vai trocá-las por outras – e esse movimento de substituição é o que lhe garantirá a sanidade e a sobrevivência. As novas questões (ou vertigens), que a seu tempo serão também sempre as mesmas, só surgirão quando ele, o menino de nove anos que acabou de descobrir a metafísica, se apaixonar.

ORE POR MIM

E agora me encara com
os olhos injetados, as
pupilas escuras como
duas ilhas Cagarras
num mar de sangue.

É noite e é a Lapa. Acompanhado por um cortejo de fiéis, saio do Nova Capela carregando a donzela com a mão esquerda e um saco plástico com a direita. Tenho o hábito de pedir a quentinha quando sobra comida na mesa – especialmente por se tratar do cabrito do Capela.

Mesmo que não vá comê-lo depois.

É o que normalmente acontece numa cidade onde o próximo passa fome. Na rua do Riachuelo, quase sob os Arcos, sou interpelado por um sujeito. É um negro gordo, descalço e sem camisa. Pede um trocado, está com fome, desde ontem sem comer e o remédio que o governo... Numa reação instintiva, desvio o olhar, dou-lhe um drible de corpo e uma passada larga. Mas lembro da quentinha e paro.

Você quer? É cabrito. A expressão no rosto do homem se transforma. Estendo o braço, ofereço o saco plástico, o cabrito flutuando dentro de uma cápsula de papel-alumínio. Do Capela? O homem me pergunta com um tremor de comoção. É do Capela, ainda está quente, respondo. O tom atrevido do primeiro pedido já não existe. Agora o sujeito me encara com o olhar das senhorinhas ao santo padre.

O senhor é um sujeito iluminado. Eu estava na maior necessidade e agora um cabrito... Muito obrigado. Saiba que tem aqui um amigo. Um novo amigo! Qual é o seu nome? O homem mistura as frases umas nas outras, agarra meu antebraço com a mão inchada. A donzela e meus velhos amigos já estão algumas dezenas de passos adiante. Quando olham para trás, se perguntam: estará louco?

Aqui, o homem insiste: qual o seu nome? Eu respondo. Ele me estende a mão. Não se nega cumprimento a ninguém – e mão suja por imunda, sei que beijei piores. Meu nome é Luiz Alberto, e o senhor é um homem bom, repete e cresce para mim num abraço salpicado de areia.

Eu queria fazer um pedido ao senhor, me pergunta com a posse definitiva dos restos do cabrito. É que a minha vida está numa pior. E agora me encara com os olhos injetados, as pupilas escuras como duas ilhas Cagarras num mar de sangue. Eu queria fazer um pedido, com toda a consideração ao amigo. Ao senhor amigo. É que o senhor não sabe as coisas que me acontecem. O senhor não imagina.

Agora, o homem me constrange. Sua insistência me dá pena e certa irritação. Quando percebo que estou irritado, me sinto instantaneamente culpado – e mais constrangido. Quero sair dali, continuar meu périplo pequeno-burguês por bares sujos como a mão que o homem me oferece, e penso nos meus amigos e na donzela, imagino que até tenham se esquecido de mim, que tenham virado a esquina da Joaquim Silva e me deixado para trás – o que cedo ou tarde há de ocorrer, mas que não seja hoje, que não seja agora.

Começo a ir, a separar nossas existências em definitivo, ando de costas num passo ridículo, estico o pescoço para enfim ouvir o que quer o novo dono do cabrito, imaginando que jamais vou atendê-lo. E ele faz o pedido final, absoluto: ore por mim, senhor.

Luiz Alberto é meu nome. Não se esqueça do meu nome: Luiz Alberto. Ore por mim hoje à noite, senhor. Eu preciso. E o senhor não sabe. O senhor não imagina como eu preciso. Ore por mim. Não se esqueça de mim. Ore por mim.

Desapareço na sombra dos Arcos, jogo um aceno triste ao homem e sufoco o desejo de pedir ao Luiz Alberto que também ore por mim.

O CASAL DESCONHECIDO

E nisso também haverá alívio:
o inferno é real.

Amanhece por trás das cortinas e o casal desconhecido acorda aninhado, sem pressa, com a falta de cerimônia de quem entrelaça as pernas e suja de vinho o lençol na primeira noite. O casal desconhecido aos poucos percebe que divide a cama em terra de ninguém: um muquifo alugado num subúrbio de Paris, um apartamento emprestado em Botafogo, a locação de um filme barato na Gomes Freire – não importa onde, a cena é a mesma.

O casal desconhecido levanta sem muita pressa ou palavras (bendita a formalidade do semianonimato) e, com sorte, encontra café no armário.

"Açúcar ou adoçante?" é uma das perguntas inaugurais que fazem o casal desconhecido menos desconhecido na manhã seguinte. É o começo do fim, alguém diria. Como "eu te amo" é daquelas frases que só têm sentido quando ditas pela primeira vez. Depois viram tralha semântica, perdem o significado até que sejam repetidas para outrem – com quem se formará o próximo casal desconhecido.

Mas, para isso, haverá tempo.

***

Ainda que se defina na noite anterior uma ética da ausência futura (de que aquela será a última noite e esse o último despertar), depois do primeiro café e do primeiro jornal lido em silêncio (bendito o silêncio do semianonimato), o casal desconhecido começará, desgraçadamente, a conhecer-se.

Essa iniciativa em geral cabe às mulheres: contam a idade com que começaram a menstruar, quantos namorados tiveram, quanto tempo durou cada um, e nos enchem de detalhes que não interessam naquela primeira manhã. Essas mesmas historinhas, passados dois ou três meses, representarão o desenho das portas do inferno na Terra para nós, agora convertidos em partícipes ciumentos de um novo casal.

E nisso também haverá alívio: *o inferno é real.*

***

O espaço da cama do casal desconhecido nessa primeira manhã é, ainda, terreno neutro. Essa neutralidade tem mais a ver com o tempo que desenhamos sobre os lençóis alheios do que sobre o espaço em si. (Ernesto Sábato em *Heterodoxia*: "Almejamos a eternidade, isto é, o presente absoluto.")

O momento em que a cama se converte em tabuleiro de xadrez ou terreno minado confunde-se com o dia em que o casal desconhecido começa a fazer planos de sobrevida, mesmo que em segredo. O casal desconhecido, quando começa a se conhecer, esquece que a única eternidade possível é (foi) aquela, da primeira manhã, a última (a primeira, a única) vez em que estiveram realmente ao mesmo tempo no mesmo lugar.

AGONIZA MAS NÃO MORRE

Na praça enlameada, os
mendigos não dançavam
apenas o samba...

O céu pálido e desbotado, sem variação de tonalidade. Tinta quente derramada sobre a nossa cabeça. Na praça, pedestres ultrapassam acampamentos de mendigos, camelôs, pombas. Perto do escorrega, um homem fuma e joga as cinzas na própria boca – a língua como cinzeiro. As crianças se castigam e levantam poeira, nem aí. No largo do Machado é sempre anteontem.

Alheio ao entorno, um pequeno grupo está imobilizado em frente ao palco montado sobre o caminhão verde. Ali, uma legião uniformizada de panfleteiros agita bandeiras com nomes, números e rostos sorridentes. Tentando acompanhar a música, um casal de mendigos evolui na passarela improvisada de pedras portuguesas. O público disperso da apresentação do Nelson Sargento na praça, às cinco e qualquer coisa da tarde da última quarta-feira, era de trinta pessoas – mais para menos do que para mais.

Diz a história que, quando o Rio de Janeiro foi fundado, o largo do Machado era um pântano conhecido como "lago do Suruí" – um tipo de molusco. É no pântano, entre sujeira, sapos e cipós atravancando a passagem, que o baluarte do samba, oitenta anos recém-completados, canta e toca violão embalando a dança dos miseráveis e o sono do cachorro na praça quase vazia.

Há uma Kombi no canto oposto da praça, disputando eleitores e decibéis com o carro de som do sambista. Depois de terminado o show, vou tirar satisfações com o almofadinha militante que tem o microfone da concorrência na mão. "Você sabe quem era aquele cara cantando ali?". O militante responde apenas que tem licença e exalta-se: "Eles não têm licença para fazer isso aqui. Eu tenho!". Licença por licença, o Nelson tem a poética.

Na praça enlameada, os mendigos não dançavam apenas o samba que saía dos dedos e da voz grave do autor. Dançavam o Brasil, que agoniza mas não morre, como o samba – e como todos nós, às vésperas de mais uma eleição vazia. "Samba / Agoniza mas não morre / Alguém sempre te socorre / Antes do suspiro derradeiro / Samba / Negro forte e destemido / Foi duramente perseguido / Na esquina, no botequim, no terreiro / Samba / Inocente pé no chão / A fidalguia do salão / Te abraçou te envolveu / Mudaram / Toda sua estrutura / Te impuseram outra cultura / E você não percebeu" (*Agoniza mas não morre*, Nelson Sargento).

CARNAVAL JÁ PASSOU

Calam os subúrbios
escuros. Calam as avenidas
fechadas. Calamos nós.

Queria escrever uma crônica para os que tiveram um carnaval triste. Para os que acordaram na quarta-feira cinzenta, sozinhos outra vez, com gosto de semana passada na boca. Para os que, inicialmente tímidos e depois desesperados, viram seu amor-próprio desmoronar à medida da sequência inevitável de foras e olhares gélidos lançados pelas colombinas, indiazinhas, diabinhas e bailarinas.

Uma crônica para o exército de reserva dos tamborins, para os coadjuvantes fora de quadro, para os que acabaram a folia com um zero a zero estampado no placar e na testa. Para todas as moças que se perfumaram e fantasiaram, e dançaram com samba no pé, e distribuíram olhares, e viraram o pescoço, e imaginaram tanto. E nenhum único vem cá, meu bem. E nada.

Escrever uma crônica dedicada aos pierrôs que descobriram seus amores nas mãos do alheio, a boca aberta em outra, fazendo gargarejo com suas lágrimas. A todos os que flagraram a desejada beijando lividamente o anônimo, entre centenas de corpos em movimento, sob uma tempestade de confetes e em meio à batucada acelerada de um bloco que, a partir dali, ganhará um sentido de vertigem insuportável. Uma crônica aos que sofreram as insídias do amor durante o carnaval nublado, e que tudo viram com olhos metafísicos, numa percepção aguda da realidade que o latão de cerveja quente não vai mitigar.

Aos bêbados que choraram confissões às sombras nas paredes. Aos que lamberam a calçada, beijaram o poste, abraçaram o gelo-baiano. Às mulheres que por aí esqueceram calcinhas e partes irrecuperáveis de si. Aos foliões reflexivos que, no meio do refrão, pararam e se perguntaram: "por quê?". Ao ritmista que atravessou, levou um pescotapa do mestre e foi expulso da bateria no meio do desfile. Aos que se sentem distantes de tudo, mesmo no meio da muvuca atroz do Terreirão do Samba na praça Onze. Aos que foram barrados na porta do camarote da cervejaria – e, principalmente, aos que entraram no camarote da cervejaria. Às passistas de corpo esculpido carregando as flechas de tantos olhares sabendo que nenhum, nenhum deles, realmente a quer de verdade – pois elas, como todas as mulheres, são outras que nenhum, nenhum deles, jamais conhecerá.

Aos melancólicos senhores e senhoras com os cotovelos apoiados nas janelas de Laranjeiras, a quem o carnaval faz lembrar certa pureza esquecida, de bailes em Paquetá, lança-perfumes e marchinhas de uma cidade que não mais existe – de uma vida que se aproxima do fim. Aos persistentes infelizes por vocação que lotaram salas refrigeradas de cinema, livrarias e cafés tentando fingir que não houve o carnaval.

Uma crônica que faça homenagem aos rebaixados na passarela, que preste tributo aos que tiveram o samba derrotado, que dê consolo aos turistas assaltados e esculachados na cidade maravilha. Um alento aos fracos que desistiram da multidão do Cordão do Bola Preta, que tiveram medo da Rio Branco noturna do Cacique de Ramos, que afrouxaram a garganta no único momento que poderia salvá-los do carnaval triste. Uma crônica que tire um pouco do peso daqueles para quem o término do carnaval é sinônimo de nada mais restar, é caldo de fim de feira às margens do precipício, é tristeza e medo pelo que virá no resto do ano. Porque o ano, após o carnaval, é resto. É o pouco que sobra.

Acabou, e sempre acaba cedo demais, chega rápido o último dia. Depois, só no ano que vem. Já acabou: as cinzas de quarta-feira caem sobre a última dança. Os ambulantes arrastam seus carrinhos, as baterias recolhem suas peças, o eco das notas do samba derradeiro flutua sobre nós. Sob o grave de um surdo solitário, acaba o carnaval. Já limpam as ruas, os carros já vêm. Calam os subúrbios escuros. Calam as avenidas fechadas. Calamos nós. Acabou. Logo amanhece, e já não seremos quem fomos. Como agora, sem carnaval, vamos nos justificar? E, até o próximo, o que será de nós?

OS OBJETOS DA MULHER

... cada um deles traz uma narrativa, uma imagem e uma parte do corpo da mulher.

A mulher não é apenas o que pensa, e muito menos seu corpo, mas também uma coleção de objetos que a acompanha. Esses artigos transitórios espalham-se entre bolsas, estojos, gavetas e armários de banheiro, sem organização aparente para nenhum outro ser humano, até mesmo do mesmo sexo. Cada mulher tem um jeito diferente de sorrir, levar o garfo à boca, dizer o meu nome e ordenar seu aparato de sobrevivência.

Ela é um astronauta urbano. Carrega consigo uma série de aparelhos sem os quais a vida neste planeta é impossível.

Entre muitos outros: sabonetes (para o rosto, para o corpo, para as partes), tônicos, desodorantes, adstringentes, maquiagens, bases, pós compactos, *blush*, rímel, curvex, delineadores, lápis, sombra, batom, brilho, demaquilantes, esmaltes, removedores de esmalte, óleos secantes, perfumes, colônias, cremes e hidratantes (para o rosto, para o corpo, para as mãos etc.), absorventes (interno, externo, com abas, sem abas, noturno, diurno, diário), calcinhas reserva, lenços umedecidos, comprimidos, pílulas, algodões, Band-aid, protetores labiais, protetores solares (para o rosto, para o corpo), loções pós-sol, cotonetes, pomadas, xampus, condicionadores, cremes para pentear, silicone, escovas, pentes, chapinhas, *babyliss* e uma infinidade de variantes e combinações incompreensíveis dentre esses produtos.

Quando se hospeda, exporta parte da sua coleção e coloniza novas prateleiras e pias, até então desabitadas. Às vezes, larga para trás de si as embalagens semivazias e diz que não sabe se volta.

Ficamos sozinhos no banheiro sem saber o que fazer com aqueles frascos inúteis de plástico, com fórmulas de alta tecnologia e nomes muito complicados em francês.

Quando percebemos que cada um deles traz uma narrativa, uma imagem e uma parte do corpo da mulher (um pedaço da sua ausência), nos olhamos no espelho com ar de descoberta: inúteis somos nós na casa vazia.

JULIO CORTÁZAR E O OLD NAVY

Nada é sofisticado, alegre ou sequer bonito no Old Navy, bar onde já testemunhei, entre outras, a chegada do demônio...

No seu comovente necrológio sobre Julio Cortázar, Gabriel García Márquez escreveu sobre a primeira vez em que viu o escritor argentino em Paris, no "outono triste de 1956". Em tradução própria:

"Alguém me disse em Paris que ele escrevia no Café Old Navy, no Boulevard Saint Germain, e ali o esperei por várias semanas até que o vi entrar como uma aparição. Era o homem mais alto que se podia imaginar, com uma cara de criança perversa dentro de um interminável abrigo negro que parecia mais a batina de um viúvo, e tinha os olhos muito separados, como os de um novilho, e tão oblíquos e diáfanos que poderiam ter sido os do diabo se não estivessem submetidos ao domínio do coração. [...] Eu o vi escrever durante mais de uma hora, sem uma pausa para pensar, sem tomar nada mais do que meio copo de água mineral, até que começou a ficar escuro na rua e ele guardou a caneta no bolso e saiu com o caderno debaixo do braço, como o estudante mais alto e mais magro do mundo."

***

Mesmo sem saber dessa e de outras histórias sobre o Old Navy, esse foi o primeiro bar em que pus os pés, na minha primeira noite na cidade, quando ainda acreditava na metafísica e quando ainda acreditava em Paris – o que pode ser a mesma coisa. Cheguei ali por puro acaso, como um cego guiado por um cão invisível. Não haveria outro motivo: a fachada do Old Navy com suas bandeirinhas rasgadas é a menos convidativa num raio de quilômetros.

Apesar de estar numa região nobre e turística de Paris, o Old Navy hoje é um bar sujo e sem atrativos, tirando o de ser um dos poucos lugares na cidade onde se pode comer um bife às duas horas da manhã. As paredes são pintadas com cor de vômito, as poltronas são desbotadas e rotas como as de um cinema pornô e há quase sempre uma televisão de plasma ligada na VH1, passando videoclipes em alto volume. Nada aqui nos nega o fato de que não estamos mais no outono triste de 1956, quando Paris era a meca de qualquer escritor, quando existia um Julio Cortázar caminhando pela cidade, e não só ele.

Às vezes, pela madrugada, acontece um pequeno concerto de voz e violão, uma sessão de karaokê ou um encontro de músicos de *jazz*. Mas o Old Navy, que tem algo de bar-tabacaria de estação de trem ou de cidade portuária, não é frequentado por jovens parisienses despenteados que parecem ter saído de um ensaio fotográfico. Nada é sofisticado, alegre ou sequer bonito no Old Navy, bar onde já testemunhei, entre outras, a chegada do demônio – numa noite invernal, entrou pela porta um homem tão fedorento que, depois que rumou ao banheiro, foi seguido pelo gerente com um *spray* de desodorizante nas mãos. Aquele era o cheiro de todas as cloacas do mundo e alguns fregueses foram embora. A maioria suportou estoicamente o cheiro – e pediu mais vinho.

A depender do dia da semana, o bar fecha mais ou menos tarde, mas sempre do mesmo jeito. Depois da conta jogada na mesa, com o gesto carinhoso que só um garçom em Paris pode oferecer, as luzes se apagam, deixando todos os clientes no escuro semitotal. A noite termina como um conto do argentino, de forma súbita e desconcertante.

***

Há pouco escrevi que não acredito na metafísica e que não acredito em Paris. Quero dizer que minto. E minto porque preciso esconder minha ingenuidade com cinismo. Porque soar cínico, hoje, quando o Old Navy tem uma televisão de plasma, é cada vez mais inteligente e *branché*. Porque encolher os ombros não parece uma opção, hoje, cinquenta e dois anos depois da vigília de um incógnito García Márquez por seu ídolo literário nesse café durante semanas numa Paris de outono triste.

Minto, acima de tudo, porque sou idiota. Porque a verdade é que ainda acredito na metafísica e, pior, em Paris como metáfora de existência – cada vez que venho aqui, conheço menos a cidade, ela é como uma mulher ou a própria vida. E, claro, acredito sempre no que diz Cortázar enquanto caminhamos alienados do mundo como duas crianças, entusiasmados e comovidos com o que ninguém percebe no voo de um pombo, no desenho rabiscado no muro, na locomotiva bufando na Gare de Lyon, nos cartazes rasgados do metrô, nos gárgulas à espreita, nos sapatos abandonados sobre os fios elétricos, nas cores da luz da tarde – em tudo que não precisa de nós para existir. Como o Old Navy.

AS ÚLTIMAS VEZES

... deixo para trás
essa pequena coleção
de despedidas.

Enquanto um senhor com mãos trêmulas empunha uma navalha sobre o meu rosto, encaro meu reflexo constrangido no espelho e penso que é a última vez que verei esse senhor de jaleco azul debruçado sobre mim. Não que o serviço seja ruim, eu é que não sou muito fiel aos barbeiros e só farei a barba de novo sabe-se lá quando e onde. Por isso, definitivamente, esse é meu último encontro com o velho que usa gomalina no cabelo pintado de acaju e que tem os dedos cheirando a Marlboro. É a nossa última vez.

No final, troco o emocionado adeus e o abraço fraternal que tenho vontade de dar no homem (ele me lembra os dois avôs que jamais conheci) por uma gorjeta e um aperto sólido de mãos.

Saio dali numa tarde ensolarada de maio, que é mês bonito em toda parte, embora todos fiquem gripados. Ando pela calçada direita da Rio Branco e me deixo levar. Depois que isso se transforma num jogo costumeiro, fica mais fácil que os outros exercícios de desapego.

Posso andar duzentos metros atrás de um senhor de terno marrom, colete, bengala e broche do Flamengo na lapela até que ele entre na Leiteria Mineira, depois passar três quadras perseguindo uma mulher de *tailleur*, tamancos de cortiça e rabo de cavalo rumo ao edifício do Jóquei Clube, e ainda refazer o caminho de um mendigo famélico pelas ruas amareladas do Mercado do Saara. A hora quem me dá são os outros.

No meio desses jogos de perseguição, outros personagens e objetos da cidade vão me distrair do meu foco aleatório, e aí me concentrarei numa vitrine de manequins pelados, no reflexo de um relógio de igreja numa poça de água ou num balcão de boteco onde um pedreiro magro toma pinga sob o sol e xinga a mulher que o abandonou, deixando em casa seus objetos de mulher, o que me faz parar e pedir um café para ouvir o resto da história.

E aí está: essa é a última vez que vejo os personagens da última tarde útil desse maio que não se repetirá. E é a última vez que ouço esse homem triste que não conheço. Como depois será a última vez que um camelô me convence a comprar um cortador de pelos de nariz ali no toldo azul da Uruguaiana. E, definitivamente, é a última vez que escrevo esta crônica, que começa com "enquanto um senhor com mãos trêmulas" e que, como as minhas caminhadas pelo Centro, não sei muito bem como acabará.

Quando finalmente subo num ônibus na Cinelândia, deixo para trás essa pequena coleção de despedidas. Que na tarde ensolarada, por sorte, parecem ligeiras, irrelevantes. E como saber quando deixarão de ser? Posso bem nunca mais voltar ao largo da Carioca, onde ainda sou capaz de perseguir a mim mesmo, dez anos atrás, indo trabalhar com a camisa de botão enfiada dentro da calça, andando com as mãos dentro dos bolsos, como se fosse "o verdadeiro estudante de 1929" do Rubem Braga.

O passado se encontra com o futuro aqui, nessa fronteira incerta entre duas calçadas muito parecidas: o que ainda é e o que nunca mais será. Borges certa vez escreveu: "Há um espelho que me fitou pela última vez. Há uma porta que fechei até o fim do mundo. Entre os livros de minha biblioteca (posso vê-los agora) há um que não mais abrirei"[1]. Todos os nossos dias estão repletos de milhares e invisíveis últimas vezes.

Algumas nem tão invisíveis assim.

1 Borges, Jorge Luis. Limite. *O fazedor*. In: Borges, J. L. *Obras completas*. São Paulo: Globo, 1999, p. 249.

A MEDIDA DO TEMPO

Desenhe um cronômetro
numa folha de papel
e desmonte-o.

A cada segundo nascem 4,1 seres humanos e morre 1,8 ser humano. Há um saldo positivo de 2,3 seres humanos por segundo.

Desenhe um cronômetro numa folha de papel e desmonte-o. Depois, pense no seguinte:

Se o tempo fosse contado pelo saldo entre os seres humanos que desembarcam e aterrissam neste mundo, cada minuto seria composto de 138 seres humanos e a hora por 8.280 seres humanos. Num dia, 198.720 seres humanos. Para fins práticos, os milhares seriam abreviados, e a vigésima quarta hora do dia marcaria 198,72 MSH (mil seres humanos).

Isso antes de virarmos a ampulheta de gente e de tempo, dando início a um novo dia e a outros 198,72 MSH. Os relógios seriam adaptados para marcar de 0 a 198 MSH. Meio-dia, por exemplo, seria 99,36 MSH. Seis da tarde: 149,04 MSH. Oito e meia da noite, 169,74 MSH.

***

Com o cronômetro desmontado sobre a mesa, decore os seguintes números:

Já viveram no planeta cerca de noventa bilhões de seres humanos. Por mais que o saldo dos que nascem seja positivo em relação aos que morrem a cada segundo, a proporção entre os mortos e os vivos ainda é de aproximadamente treze para um. Temos, cada um de nós, treze mortos nas costas.

A proporção entre nós e outros animais subterrâneos, os ratos, é pouco menor: dez para cada ser humano – a cada dia nascem quatro milhões de ratos, bem menos do que os 198 MSH. Há mais insetos, no entanto: duzentos milhões *per capita*, um milhão só de formigas. E ainda, se ampliarmos nada discretamente o escopo: para cada ser humano, 69 sóis apenas na Via Láctea e nove galáxias no Universo.

E, para cada galáxia, mil sóis perdidos. Nove mil sóis sem nome são seus e são meus.

Melhor dizendo, os meus não são os seus.

***

Algum dia, depois de ter apagado todos esses dados inúteis da sua cabeça, talvez você acorde após um sonho cheio de episódios muito detalhados com determinada pessoa do seu passado ou futuro – que nos sonhos significam rigorosamente o mesmo. Você então terá o impulso de escrevê-lo ou, ao menos, fixá-lo na memória.

Mas, ao abrir os olhos e perceber as linhas que uma cortina imprime no teto do seu quarto, a lombada do livro esquecido na cabeceira ou a pessoa que dorme ao seu lado, você se esquecerá daquele sonho num instante. As imagens quase palpáveis de segundos atrás desaparecerão como se nunca houvessem estado ali.

Ao rever o cronômetro desmontado no papel, você concluirá que medir o tempo pelo saldo de novos seres humanos no planeta ou pela quantidade de insetos que se reproduzem ou pelo número de estrelas que explodem no Universo ou, ainda, pelas oscilações do átomo de césio 133 (a cada 9.192.631.770 oscilações um relógio atômico registra um segundo) sempre será um desvio do fundamental.

É que a única medida do tempo só poderia ser esta: não um segundo, mas o instante que demoramos para esquecer um sonho.

A ESPERA

... a espera é o que
se faz dela.

Anoitece entre os pilotis. Um grupo berra palavras de ordem num megafone, outros abrem bandeiras: há eleições para um grêmio qualquer. Quando perguntam se já votei, digo que não estudo aqui. O que faço é esperar.

O tempo passa, a multidão se dispersa, faxineiros recolhem o lixo. Continuo sentado no banco de madeira. Aos poucos, começo a me ver no contraplano de fotografia que tiro com o telefone, como se estivesse no banco em frente. E o que vejo é uma figura meio ridícula com os cotovelos apoiados nos joelhos, alienígena neste *campus* e verdadeiramente só.

Quem espero insiste em não aparecer descendo as escadas e, pior, não espera que eu a espere. A espera mais solitária é aquela que não tem nenhuma reciprocidade. O homem que espera de surpresa está isolado como uma casa vazia no meio de uma floresta vazia. Ele é um aceno sem resposta pronto para acontecer numa estação de trem.

E a espera faz com que o tempo se estenda indefinidamente. Sabe-se que seus últimos minutos são mais longos do que os primeiros – porque estão mais próximos do encontro, ou, mais provável, da desistência do homem que espera. Os segundos se dilatam para que ele por fim desista.

Para fazer a espera menos insuportável, tiro uma fotografia e me distraio escrevendo este texto, como um espelho que reflete a si mesmo, um contraplano autoconsciente. Em alguns anos, se a espera não fizer sentido, talvez a anotação faça – a espera é o que se faz dela. E esta tem um tempo inteiro de aula, porque agora alunas surgem de todos os lados, muito apressadas pulando sobre poças.

Amaldiçoo com ternura cada uma delas – nenhuma será você.

ESCALA EM MULKISHBAH, ÁSIA CENTRAL

A cidade de Bahilan surgiu como um amontoado de mesquitas e casas miseráveis de barro na beira da via...

A primeira visão que tive de Mulkishbah, ainda da janela do avião bimotor, foi a de uma planície vermelha recortada por uma cadeia de montanhas alcantiladas, onde, independentemente da época do ano, há neve. Esse minúsculo e desconhecido país, governado por uma monarquia islâmico-socialista, fica entre as fronteiras do Turcomenistão e do Afeganistão. Para embarcar nesse voo, tive de fazer escalas em Paris e Riyadh, capital da Arábia Saudita. Mulkishbah não tem representação diplomática no Brasil, como em grande parte do mundo ocidental, e arrisquei aterrissar na capital, Bahilan, sem visto.

Ao que parece as autoridades já sabiam da presença de um intruso, pois a aterrissagem do pequeno avião foi seguida por jipes com munição antiaérea. Enquanto ainda taxiávamos na pista, um soldado segurando uma metralhadora me saudou com um sorriso irônico. Os outros passageiros, um saudita de Rolex dourado e uma mulher de *hijad*, pareciam não se importar.

Uma pequena escada foi improvisada com caixotes de madeira. Descemos e imediatamente nossos documentos foram conferidos pelos soldados. A tripulação recebeu um maço de notas de um homem de terno e se despediu de mim dizendo um seco "boa sorte". Aproximou-se então o aparente chefe dos militares, o tenente Muhamed Nicolaiovski, que se apresentou falando um francês perfeito. Ao olhar meu passaporte, disse que eu devia ser o primeiro brasileiro a pisar naquele país. E perguntou, sem disfarçar a surpresa: "o que diabos você veio fazer aqui?". Como eu mesmo não sabia a resposta, o sr. Nicolaiovski caminhou até um tanque na beira da pista de aterrissagem e passou alguns minutos discutindo num telefone satelital. Eu continuava sob a mira dos seus comandados. Um lençol de areia fina corria sobre a paisagem acinzentada e corvos gralhavam por toda a parte. Alguns pousavam sobre o capacete dos soldados.

Pouco depois, uma limusine preta com as bandeiras do país (o foice e o martelo sobre palavras do Corão e um fundo fúcsia) estacionou ao nosso lado. Os homens que antes apontavam ostensivamente seus fuzis para o meu rosto agora pareciam se desculpar, enquanto colocavam minhas coisas no porta-malas. O motorista, isolado por um vidro fumê, deu a partida e seguimos por uma estrada de terra que logo ganhou pistas asfaltadas, com placas escritas em caracteres árabes e cirílicos. A cidade de Bahilan surgiu como um amontoado de mesquitas e casas miseráveis de barro na beira da via, mas logo mostrou seu outro lado, com mastodônticos edifícios de inspiração soviética e torres de vidro cubistas. Ainda assim, carroças puxadas por camelos e rebanhos de carneiros atravancavam a via.

Depois de atravessar uma sequência de cancelas guardadas por homens armados com máscaras negras, o carro estacionou no que parecia ser outra parte da cidade: uma rua repleta de cassinos e *outdoors* de néon

– uma aberração se pensarmos que esse é um governo totalitário islâmico. Em pouco tempo, eu descobriria que a Las Vegas local não seria a única coisa fora do lugar na cidade de Bahilan.

Quando o motorista de terno abriu a porta, perguntei que lugar era aquele.

"O bairro cristão", respondeu. "Você vai ficar neste hotel. Identifique-se com o *concierge*." Um cossaco de chapéu e sobretudo vermelho me ajudou a passar pela porta giratória, enquanto cães com coletes à prova de balas cheiraram a minha bagagem. Dentro do *lobby* afrancesado, sob a luz difusa de lustres de cristal, descubro que sou convidado do Ministério de Relações Exteriores.

Imagino que este quarto no trigésimo quarto andar do Hotel Rimzt, em que estou agora e de onde Bahilan parece um simpático emaranhado de ruas multicoloridas, esteja inteiramente grampeado. No topo da televisão, um modelo Telefunken dos anos setenta, há uma caixa decodificadora que possivelmente esconde uma câmera. Até a rede de internet sem fio oferecida como cortesia deve estar sendo interceptada pelos serviços de inteligência de Mulkishbah.

Tento abrir a porta. Que não abre. Os vidros temperados da parede transparente que faz as vezes de janela tampouco oferecem qualquer possibilidade de escape. E aí finalmente chegamos ao ponto em que, antes de mandar esta crônica para os corredores refrigerados do jornal, entra no meu quarto uma jovem mulher vestindo burca, com os olhos mais castanhos e vertiginosos que pode haver. Ela canta em árabe e se despe rapidamente.

No fim de tudo, chora baixinho no meu peito, a cidade brilhante abaixo de nós. Eu pergunto por quê, e ela diz, esforçando-se para falar em inglês: "É que é difícil... Você não pode imaginar, mas é muito difícil viver em Mulkishbah".

O FANTASMA QUE RESPIRA

... estou condenado à
respiração de um morto...

Há duas semanas acordo às seis horas da manhã com alguém respirando neste quarto.

Alguém que não sou eu e que não está do meu lado – porque não há ninguém do meu lado. Acordo, e faz frio ou muito calor, e tenho sede e não se pode mais dormir com o som de alguém que respira dentro do quarto. Alguém que não sou eu e que, como estou sozinho, só pode ser invisível.

Tento afastar qualquer hipótese fantasmagórica ao considerar que talvez esteja simplesmente escutando a minha própria respiração. Por algum efeito acústico inesperado, talvez ela soe longe de mim. Seguro o fôlego por alguns segundos e, ainda assim, continuo ouvindo o respirar profundo desses, imagino, gigantescos e pacientes pulmões.

Se não sou eu, seria um vizinho ressoando enquanto dorme? Conforme encosto as orelhas nas paredes, o som, que parece flutuar no meio do quarto, desaparece. Sob as fatias de luz que entram pelas persianas, é como se pudesse ver as ondas sonoras que expandem e contraem no ritmo do inspirar e expirar de sabe-se lá quem. São seis horas da manhã, ando de um lado para o outro e mal posso ouvir meus passos dentro do quarto. Alguém respira.

Levanto outras hipóteses, mais do que sobrenaturais. Seria esse respirar o eco do sono tranquilo de alguma pessoa distante? Uma mensagem secreta de quem, agora, sonha comigo? Imagens terríveis vêm à minha mente: sou um homem condenado a ouvir o respirar de alguém, sem nunca mais poder vê-la ou tocá-la. Esse respirar, que já me parece manso e doce, quase como um ronronar, vai me perseguir pelo resto da vida. Estou amaldiçoado por essa ilusão audioafetiva.

O som continua, independente dos meus pensamentos. Ele, ou quem quer que o produza, não parece se preocupar comigo. Decido, hoje, levar o caso às últimas consequências. Ou descubro a origem física desse som, ou, considerando minhas inclinações materialistas, terei de admitir de uma vez por todas que sou um louco. Que ouço coisas por aí. Que estou condenado à respiração de um morto, ou pior, de um morto-vivo.

Abro a janela, que dá para um pátio interno com um pequeno jardim cercado por outras janelas fechadas com portinholas de madeira. Percebo que o som da entidade que respira se espalha pela área interior do prédio que fica na *rue* du Temple, 94, no centro do Marais chinês, onde atacadistas orientais radicados em Paris comercializam bijuterias, bolsas, chapéus, cintos, vasos, rádios, relógios e rádios-relógios.

Se encontrasse agora algum dos orientais que usam o corredor como depósito de caixas, poderia perguntar se ele também escuta. Se ainda esbarrasse com alguém na escada em caracol, no caminho até a portaria ou perto das latas de lixo, eu poderia perguntar: senhor, você escuta também? Se houvesse alguém no quarto, eu poderia perguntar. Mas não há, o dia amanhece em tons escuros de azul e eu ganho aos poucos uma certeza que alguns leitores talvez já tenham: sou um louco que ouve coisas por aí.

É quando começo a ouvir estranhas gargalhadas, não dos leitores, não na minha cabeça, mas do lado de fora deste quarto. Elas têm origem numa das janelas do primeiro andar, na altura do chão. Calço chinelos e, à medida que desço as escadas de dois em dois degraus, vejo que se trata de um casal de chineses que conversa em chinês e ri em chinês.

Chego ao térreo, mudo o passo e caminho lentamente até a janela. No alto de Paris, uma nuvem entra no caminho do sol e o amanhecer fica mais escuro. Os risos e as palavras chinesas se interrompem. É dali que vem o som do ser que respira. Cada vez mais alto, de forma cada vez mais definida. Eu não posso dormir e a causa está dentro do cômodo dos chineses.

Finalmente, alguém abre a cortina dessa janela, a única com luz acesa no pátio interno, nesse cômodo em que chineses passam roupa com uma grande máquina industrial. O som do respirar profundo que me acorda todos os dias às seis horas da manhã não é o de um doce ou terrível fantasma, e sim o de um ferro de passar roupa que cospe fumaça.

Os chineses interrompem seu movimento por um breve instante, me olham com indiferença e depois voltam ao trabalho sem nada dizer. Subo pesadamente as escadas, amaldiçoando minha curiosidade. Começa a chover.

O PRIMEIRO VISCONDE MONTGOMERY DE EL ALAMEIN

Sobramos nós, observados
por Napoleão.

Após uma expedição pelas ridiculamente opulentas entranhas de cristal do Hotel Ritz, chegamos ao bar, onde ocupamos os últimos lugares vazios do balcão. O *barman*, depois de nos servir copos de água gelada com fatias quase transparentes de pepino, oferece meia dúzia de drinques extravagantes. Cada um deles é uma mistura complexa, descrita com detalhes e a eloquência de um juiz de direito.

Nego tudo e peço um Montgomery.

Um Montgomery, como *O sol também se levanta*, *O velho e o mar* e *Por quem os sinos dobram*, é um clássico do século XX. O drinque, um *dry martini* turbinado, é assim batizado por causa do marechal britânico Bernard Law Montgomery (1887-1976), que ganhou o título de primeiro Visconde Montgomery de El Alamein, por ter comandado o Oitavo Exército Britânico na batalha de El Alamein, no Egito. Essa foi a primeira grande ofensiva vitoriosa dos aliados contra a Alemanha na Segunda Guerra Mundial. Montgomery, entre outras ações históricas, ainda participou da invasão da Normandia, quando comandou as tropas terrestres aliadas.

O marechal, no entanto, era um sujeito meio insubordinado e alimentou polêmicas contra comandantes norte-americanos. Talvez por isso, é tido por muitos (fora da Inglaterra, claro) como um comandante lento, cauteloso ao extremo. Diz a lenda que Montgomery tinha a estratégia de só entrar numa batalha com a vantagem de quinze soldados para cada inimigo.

O correspondente de guerra e escritor ianque Ernest Hemingway, autor de alguns clássicos da literatura do século XX, gostava de seus *dry martinis* servidos na mesma proporção de superioridade de forças: quinze partes de gim para uma de vermute. Daí o nome do drinque.

***

A relação média desses ingredientes é de três por um, mas há quem diga que um *dry martini* só funciona a partir do dobro. Winston Churchill, que promoveu Montgomery a marechal, bebia *dry martinis* a zero por um, ou seja: sem vermute.

***

O Montgomery foi assim batizado em Veneza, no Harry's Bar, mas certamente o lugar onde o escritor bebeu mais Montgomeries, por assim dizer, foi aqui, no pequeno bar do Ritz em Paris, batizado postumamente de Bar Hemingway. E não foi só Hemingway que fincou os cotovelos nos áureos tempos desse balcão, quando a cidade ainda era o centro do planeta. Fitzgerald, Joyce, Sartre, Porter e muitos outros passaram por aqui. Hoje, é lugar de turistas norte-americanos barulhentos, banqueiros brasileiros envolvidos em negociatas e celebridades planetárias de segunda linha que se hospedam no Ritz.

A *intelligentsia* internacional já deixou de frequentar o mesmo bar há algumas décadas.

***

Saímos dali pelo octógono da Place Vendôme como se surfássemos descalços na neve. Um ônibus cheio de adolescentes dançando nos ultrapassa, um senhor de terno andando de bicicleta nos ultrapassa (sua gravata flutua como uma flecha que aponta para trás), um cachorro francês nos ultrapassa e, subterraneamente, o último metrô nos ultrapassa. Sobramos nós, observados por Napoleão. Vestido num modelito Julio César, Bonaparte guarda a praça no topo do obelisco que mandou construir com o bronze dos canhões capturados na Batalha de Austerlitz.

E eu poderia agora te dizer que o nacionalismo propagado pelo imperador francês, as Guerras Napoleônicas e as invasões prussianas culminaram nas duas Guerras Mundiais do século seguinte, e, acima de tudo, no Montgomery de Hemingway no Ritz, mas isso, depois que você sorri para a neve que começa a cair na madrugada fria, não vem mais ao caso.

O PRIMEIRO VERÃO DOS ANOS 10

Somos a musa
de nós mesmos.

No primeiro verão dos anos 10, até na calçada de boteco há fila para apoiar o cotovelo no balcão. O relógio da rua marca 36 graus às nove da noite e não há mesa vazia em toda a cidade. Nelas, bebe-se e come-se freneticamente sob uma nuvem de néon e fumaça de bife na chapa. Há fartura também na oferta de seres humanos que se conhecem e desconhecem em ritmo acelerado – a cada mesa conhecemos mais desconhecidos, que teremos de cumprimentar com diligência nas próximas rondas noturnas.

Aqui, entupimos nossos ventres de cerveja até nos sentirmos suficientemente originais. Há sempre os tímidos que fazem enigmas com palitos na mesa e apontam os olhos difusos para as moças ao lado – vale qualquer uma. Simulamos que nos importamos muito uns com os outros, o que é doce e necessária mentira. No primeiro verão dos anos 10, não nos importamos nem com nós mesmos – principalmente.

E depois é assim: qual a festinha imperdível da noite? Arremessamos perdigotos uns nos outros, com as gengivas arregaçadas em intenso debate, até que se parta para a *boa*, o evento exclusivo, a boca-livre na casa de fulano da produtora, no prostíbulo subterrâneo da estação ou no estúdio de *design* onde todo mundo vai estar.

E esse todo mundo, no primeiro verão dos anos 10, vai chegar a qualquer lugar e ganhar uma pulseira de plástico. Não importa onde: um hospital, uma casa de *swing*, uma boate onde se usa a camisa para dentro da calça, um luau na praia ou um porão azulejado onde uma banda de *rock* de meninas se exibe para meia dúzia. A pulseira de plástico, algeminha dourada que nos divide e categoriza, é símbolo máximo do êxtase autocelebratório do carioca no primeiro verão dos anos 10. Somos a musa de nós mesmos.

Afinal, essas mesas e *private parties* estão tomadas por suadas criaturas com pretensões de arte: bailarinas performáticas, jornalistas recém-formados, tocadores de repinique, DJs e blogueiros em geral. Para os eleitos, a primeira festa logo perderá cor, e todo mundo no primeiro verão dos anos 10 vai partir para a segunda, para a terceira e para a saideira nas rodas alcaloides da Guanabara ou do Baixo Méier. Com sorte, uns poucos acabarão a noite num quarto onde poderão abandonar-se em braços alheios com intimidade forçada.

Para no dia seguinte sair, deixando um bilhete apressado. Ou, pior, acordar sozinho e ler o bilhete.

O primeiro verão dos anos 10 conta uma história circular como uma roleta de cassino. Nela, todos se creem protagonistas, ainda que sejam coadjuvantes de si mesmos. Não há sequer um personagem principal vivo hoje em qualquer uma dessas mesas. E muito menos fora delas.

No primeiro verão dos anos 10, o que eu mais queria, no fim das contas, é que todo mundo voltasse pra casa.

DINÂMICA DE GRUPO SOB LUZ ESTROBOSCÓPICA

... a jovem mulher deseja-se
através dos olhares que recebe.

As mulheres montadas para parecerem bonitas e inalcançáveis. Bebem *prosecco* com canudo, embriagam-se com o objetivo de sentir-se à vontade para beijar um desconhecido. Na cabeça, cosmopolitismo capilar: escovas marroquinas, havaianas e japonesas. Sobre o corpo esguio, usam saias e vestidos acinturados, numa versão contemporânea e axé do *corselet* francês do século XIX.

Os homens, previamente bêbados de uísque com Red Bull no posto de gasolina onde se preparam para a caça, querem todas e nenhuma. Vestindo camisas polo dois tamanhos abaixo, grunhem palavras de ordem e frases de incentivo, enquanto trocam porradinhas nos ombros com doçura.

Na vertigem do sábado à noite, data-limite para ser feliz até o modorrento domingo, eles se reúnem em desespero nem tão discreto. Organizam encontros de gente solitária em casas lotadas. A *vibe* é de dinâmica de grupo para entrevista de emprego sob luz estroboscópica. Divertir-se não faz parte dos planos de ninguém – ainda que muitas jurem com os pés juntinhos que saíram só pra dançar.

Um raio *laser* na selva do olhar e dá-se início a uma série de rituais ancestrais: o convite para um drinque, o papinho vazio no pé da orelha (um finge que escuta, outro finge que diz), a mão do homem que sobe pelas costas da mulher que serpenteia e se afasta com charminho, a conquista do território da nuca, o descartável sentimento de vitória, e o afobado primeiro beijo, logo esquecido ou trocado por outros naquela mesma pista de dança sem dança.

No meio da fumaça de tiroteio na estação de trens parados, a jovem mulher deseja-se através dos olhares que recebe. Trata-se de uma relação simbiótica (um misógino diria parasitária) com o ecossistema da boate ou da praia do Arpoador nos sábados à noite de janeiro. É para isso que sai de casa, mais do que para descobrir um objeto externo de desejo: para ser desejada.

Os homens de polo, em toda a sua precariedade unicelular, acabam funcionando como peões cujas costas ou olhares ou cantadas servem de escada rolante para o ego das mocinhas. Se tiverem sorte de beijar a desejada numa dessas noitadas, jamais saberão que, por trás de tudo, é ela que está se beijando – através dele.

O AMOR DE ADRIANO

"... há certos momentos que a imaginação não pode cansar de representar e embelezar."

"Joana" – o primeiro pensamento de Adriano quando acorda. "Joana", e Adriano senta na cama encarando os pés, tentando esquecer o pesadelo recorrente com a noiva pelada na capa da revista. "Onde estará Joana?", e o artilheiro olha pela janela buscando-a em algum ponto da paisagem inútil. "E com quem?", pensa, e agora a vertigem é quase insuportável.

Tomo a liberdade da indiscrição, Adriano, não pela oportunista busca de audiência da imprensa (e das pessoas ruins, como você disse), mas porque sou Flamengo e estava lá em 2009. São o carinho e a amizade de mão única que se têm por um ídolo que me trazem até você.

Em 1822, um francês chamado Henri-Marie Beyle, mais conhecido como Stendhal, autor do grande clássico rubro-negro da literatura universal, *O vermelho e o negro*, publicou um manual de instruções até hoje muito consultado por quem sofre de amor. No capítulo doze de "Do amor", Stendhal fala de duas premissas (e erros) recorrentes no que ele denominou processo de cristalização do amor: "1 – Ela parece sua propriedade, pois só você pode torná-la feliz" e "2 – Ela é juíza do seu mérito".

Sobre o fato de a mulher eleita não ser nossa eterna propriedade, a vida ou a internet cedo ou tarde nos ensinam. O complicado é a parte do mérito.

Sim, por que qual é a graça de ser o artilheiro do time e campeão brasileiro, se a mulher amada parece não ligar para isso ou estar do nosso lado? O que é um joguinho de Libertadores e a paixão de milhões de torcedores perto da aprovação dessa mulher? O apaixonado troca toda a glória terrestre pela aprovação nua daquele sorriso – e só dele. Para voltar a enxergar as cores do mundo – e a próxima, a definitiva mulher que está ali, ao lado, na esquina – há que se deslocar o objeto de desejo, Adriano.

No fim das contas, é quase como trocar de clube e de camisa. Não que seja fácil – algumas transferências são mais caras e dolorosas do que outras. Sobre esse tema, somos, recorrentemente, burros e cegos demais: a catástrofe amorosa nos une. Nessas circunstâncias trágicas, Adriano, o árbitro mais injusto que existe na grande área da sua consciência é você mesmo, e não há beque de roça mais impiedoso do que aquele que inventamos.

Abandono essas constrangedoras metáforas futebolísticas para voltar ao capítulo 29-bis, "Remédios para o amor", do livro de *monsieur* Beyle: "Se é difícil esquecer uma mulher com quem encontramos a felicidade, é porque há certos momentos que a imaginação não pode cansar de representar e embelezar".

É o glacê que jogamos sobre nossas lembranças. Elas, ao contrário, editam o DVD com os nossos piores momentos, furadas, gols perdidos e passes errados, Adriano. E assistem à fita enquanto se maquiam para o encontro com o próximo craque da rodada.

O que fazer? Nessa semana, o suficiente são dois gols contra o Caracas na Libertadores. Dá pra classificar.

O HOMEM-POLVO

Você me pede conselhos,
e aqui vão: esse homem
com membros em excesso
não é nada sedutor.

Começamos assim: Platão disse, no seu *Banquete* de 380 a.C., que um homem sem amor é como uma criatura que tem apenas a metade dos membros.

Eu acrescentaria, 2.460 anos depois, que um homem apaixonado é como uma criatura com membros duplicados – para cada dupla de pernas e braços, outra imaginária. É claro que, invariavelmente, o homem-polvo acaba por tropeçar nos seus cadarços invisíveis.

O homem que ama ganha novos membros, mas sua autoconfiança é ceifada no primeiro silêncio de cinco segundos, na primeira negativa, no primeiro olhar para fora da mesa, assim, sem aviso. E, com ela, desaparecem a antiga paz de espírito, a placidez romântica dos celibatários que jamais se perguntam: "o que essa mulher estará pensando agora?".

Não vá se esquecer da sacerdotisa Diotima de Mantineia, que ensinou a Sócrates: "o amor não é um deus, mas um grande demônio". Demônio (*dáimon*, em grego) no sentido de intermediário entre o mortal e o imortal, entre a sabedoria e a ignorância – entre deuses e homens. De qualquer forma, você vai querer se aproximar dos deuses? Brincar de imortal?

Você me pede conselhos, e aqui vão: esse homem com membros em excesso não é nada sedutor. Ao contrário, quanto mais envolvido, menos atraente vai parecer. Então, vá com calma nos beijinhos pelas madrugadas insones, nas declarações desastradas e fora de hora, em ficar se esfregando na moça pelos corredores do apartamento e, mais importante, nos ciúmes que você tem dessa mulher. É claro que você não tem nada a ver com a vida pregressa dela – e de nenhuma outra.

E, quando começar a se sentir estúpido, burro, feio ou fora de hora, lembre-se dos seus dias de solidão. Quando você era capaz de se apaixonar instantaneamente pela mulher que lê um livro no banco oposto do trem, pela garçonete do *pub* irlandês ou pela menina sentada na calçada bebendo cerveja em litro – e para cada uma dessas adoráveis desconhecidas imaginar matrimônio, fidelidade eterna e filhos ruivos, mulatos e japoneses passeando no parque Lage.

Você realmente deseja pôr fim a essa promiscuidade mental? À sensação de que pode trilhar todos os caminhos, adiando a escolha de qualquer um deles?

Meu amigo, seus objetos de desejo sempre serão independentes da sua vontade – essa é a graça, e a desgraça, do jogo. Dito isso, controle seu pendor para a tragédia. E, se o buraco for incontornável, prefira ser tragicômico. Escreva poesia, cante árias de ópera no Baixo Gávea em domingueiras intermináveis, afunde-se em álcool e vomite pelas calçadas da rua do Riachuelo.

Antes de desejar sorte ao amigo, só peço que não faça do encontro marcado o caminho do cadafalso. Aconteça o que acontecer, jamais permita que essa moça veja o homem-polvo nadar nas próprias lágrimas.

Se é que você tem alguma opção.

O NOVO HOMEM

Esse Drácula metrossexual
em breve lixará os caninos
no mesmo salão em
que faz a sobrancelha

Que o homem é a nova mulher até o cinema norte-americano já descobriu. Abundam comédias românticas sobre amizades entre rapazes como *Eu te amo, cara* e *Se beber, não case*, de 2009, que são quase refilmagens de clássicos do cinema-calcinha como *Tomates verdes fritos* e *Thelma e Louise*, ambos de 1991. Duas décadas, milênios de diferença. É só comparar o priapismo quase explícito de *Pork´s* (1982) com pérolas da contemporaneidade como *500 dias com ela* (2009, que ano!), fita que leva o macho em crise ao paroxismo, com seu protagonista indie-genérico prometendo amor eterno entre choramingos e muxoxos enquanto ouve The Smiths.

Se pensarmos em filmes ou livros de terror, a queda do totem heterossexual fica ainda mais explícita. Caso o leitor já tenha visto algum filme *Crepúsculo* ou aberto um dos livros de Stephanie Meyer, reconhecerá o estilo e o tema: menina fálica deseja, fetichiza e seduz vampirinho-donzela. Essa flor de vampiro não tem como objetivo morder a mocinha, mas sim protegê-la da sua própria libido, evitando mordê-la ou levá-la para a cama. Muito diferente de outras encarnações adolescentes do mesmo personagem, como as retratadas em *Garotos perdidos*, de 1987, que alopravam ninfetas em parques de diversões rasgando suas jaquetinhas jeans e despenteando seus mullets em fúria sensual.

O que está em voga, enquanto metáfora de força sexual masculina, é o vampiro fofo – que usa cera no cabelo, apara as unhas e combate a palidez com bronzeamento artificial. Esse Drácula metrossexual em breve lixará os caninos no mesmo salão em que faz a sobrancelha – e não será surpresa encontrar por ali alguns dos jogadores da seleção brasileira de futebol, atentamente recebendo as instruções de seus *hair stylists*.

Não por acaso, esse é o tipo inofensivo que se encontra no imaginário das mocinhas, protagonizando seriados de TV, devaneios noturnos e perfumadas rodas de conversa. Trata-se do galã-amélia, cozinheiro de mão-cheia, companheiro para todas as horas, conselheiro para tardes de compras no shopping e futuro ex-namorado-melhor-amigo.

É sintomático que os galãs máximos do cinema contemporâneo sejam grandes vendedores de roupas de grife ou café orgânico, capazes de passar longas-metragens inteiros fazendo beicinho para as câmeras e encarando seus próprios bíceps. E, não por acaso, as estrelas de rock da atualidade são astros-donzela como Chris Martin ou vocalistas de cabelo descolorido de bandinhas emo.

Por onde andará o novo Humphrey Bogart? O novo Jesse Valadão? O novo Johnny Cash? O novo Pereio? O novo Sinatra?

Não anda ou andará. Porque não há. O macho-alfa do século XX sucumbiu sob o próprio peso. Hoje é uma sombra purpurinada e vaidosa de si mesmo, paparicado pelas gatinhas pós-femininas e decididas dos anos 10. Pois o masculino perdido está em mulheres fálicas como Deise Tigrona, Megan Fox, Michelle Anne Sinclair (a Belladonna), Tati Quebra-barraco e na menina destemida que cruza com você no Baixo Méier e te oferece um baldinho de cerveja.

Elas – e só elas – são a esperança dos machos caídos.

CAT POWER PERDEU ALGUMA COISA

... para depois se abandonar
sobre palcos mais sujos e
subterrâneos do que esse.

Chan Marshall procura a sombra, caminha da direita à esquerda do palco, volta de costas, esconde o rosto do público, passa quase o tempo todo curvada como um monge em autoflagelo medieval. É uma mulher de 38 anos, vestida com camisa de botão e calça justa, mistura de Jane Birkin, Valentina e Betty Page – desenhada pelo Milo Manara.

Nem precisava, mas Chan Marshall, que tem nome artístico de super-heroína de desenho animado ("Cat Power"), também canta, como se cochichasse pelos alto-falantes, soprando as notas pela garganta sem nenhuma pressa. De vez em quando se abaixa para pegar uma xícara de chá de gengibre com canela ou pede mais retorno, ao apontar os olhos castanhos claros, que raramente aparecem entre a franja sobre a testa, com graça ameaçadora para o operador de som.

A Arena da Barra, semicheia, parece um ginásio de *high school*, como o que Chan deixou ainda adolescente, em Atlanta, Geórgia, para depois se abandonar sobre palcos mais sujos e subterrâneos do que esse.

Hoje está rouca, sente a voz falhar, mais de uma vez vai pedir à banda (The Dirty Delta Blues Band, um quarteto de *blues* lento tirado de um filme de David Lynch) para que abrevie o final de uma música. Depois, se despedirá pedindo desculpas, enquanto joga rosas e cópias do *setlist* para alguns fãs. Será uma das poucas vezes em que vai encarar a plateia.

Chan já teve problemas com drogas, álcool e pânico – não só do palco, mas da vida. Poderíamos pular essa parte, se as músicas que escreve e que escolhe cantar – e a forma como as canta – fossem outras, menos silenciosas e desoladas. Cat Power está (é) linda e triste, e aí se confunde com a vida de quem a sabe ouvir. Nesta noite, tudo vai acabar com *Anjelitos negros* – triste como só pode ser triste uma música cantada pela Cat Power.

Depois, num bar do Leblon, Chan, quase sem voz, vai me dizer que não entende o Brasil. Eu vou responder com banalidades e, enfim, confessar que tampouco entendo como uma mulher tão bonita pode ter tanta solidão dentro de si. De madrugada, entre uma recaída de caipirinhas, ela vai dizer que não é nada disso, que não é solidão, e sim algo que perdeu: "eu perdi alguma coisa dentro de mim há muito tempo e essa coisa é o que eu tento cantar".

Antes que eu pergunte o que é, ela vai dizer: "eu não sei o que é", e a noite terminará entre goles de suco de maçã com abacaxi na outra esquina. Quando amanhecer, Chan Marshall vai cair no sono com a vista do mar entrando pelas cortinas abertas, de calcinha, camiseta e pés descalços para fora da cama, muito bem acompanhada e só.

GET HELPLESS

... até a maresia do calçadão,
de onde escapam como
esquilos desentocados e tristes
para dentro de um táxi...

Deu até no *Guardian*, jornal britânico: a Help, boate e legendário ponto de prostituição em Copacabana, funcionaria até o dia 28 de agosto de 2009, uma sexta-feira. Na noite anterior, estive lá. Do porteiro à moça da chapelaria, passando pelo gerente, ninguém quis dar desconto na entrada (R$ 40, depois da hora zero de Copacabana) e muito menos falar sobre o fim.

Perícia judicial? Valor de desapropriação? Projeto do novo Museu da Imagem e do Som? Última noite? "Não sei de nada sobre isso, não", repetiam com ar de enfado.

Depois de pagar o valor da entrada na entrada (sem essa de cartela ou cartão magnético, estamos na terra de Marlboro) e subir uma escada (ou descer, não lembro, e talvez dê no mesmo), o corredor abre caminho para uma grande arena circular que parece um rinque de patinação.

O mezanino é todo espelhado, como a meia dúzia de globos no teto que reflete raios *lasers* e luzes coloridas projetadas por canhões de luz. A Help é a maior e mais bem equipada boate do balneário de San Sebastián. Seus funcionários parecem ter orgulho até da limpeza: se uma lata de cerveja é derrubada na pista de dança, em 30 segundos um faxineiro surge diligente, empunhando um esfregão.

Em oposição ao camarote suspenso do DJ, há uma larga escadaria onde homens sozinhos espalham-se sobre almofadas, enquanto se dedicam à principal atividade desta e de outras casas do gênero: olhar.

Neste caso, mulheres de saias e *shorts* muito curtos, em evidente maioria. Os homens são todos gringos, turistas. Até os cariocas, dentro da Help, convertem-se em estrangeiros. A Help é uma área internacional, uma boate-estado desmilitarizada onde, entende-se, elas dão as regras. Ao contrário dos outros inferninhos do bairro, aqui não há taxas para sair com os clientes – as moças só pagam para entrar, o mesmo ingresso que qualquer mortal. Em troca, ganham um ambiente supostamente seguro para seduzir e negociar.

Há os que imaginam que, por trás das gigantescas pernas em néon cinético da fachada, existe um antro dionisíaco de imoralidade. Estão enganados. A Help tem clima de baile do interior. Pouco acontece: não se beija na boca, ninguém paga peitinho e, acima de tudo, não há nenhuma atmosfera de libidinagem.

E tampouco qualquer ardil: as meninas conversam, há alguma dança, casais se formam, combinam a base e duração de seus relacionamentos e partem subindo (ou descendo, tanto faz) as escadas até a maresia do calçadão, de onde escapam como esquilos desentocados e tristes para dentro de um táxi e, dali, para quartos de hotel, quitinetes ou conjugados de Copacabana.

Antes que eu vá embora, uma delas, vestido de Lycra e cabelo alisado com chocolate, me pergunta: “O museu vai ser bonito, eu sei. Mas o que é que vai ter lá dentro? Vai ser mais bonito do que eu?”.

O HOMEM DE MUDANÇA

O que somos além desse
acúmulo de passado
e esquecimento?

O homem de mudança, rodeado por pilhas de caixas semiabertas, é confrontado o tempo todo com uma escolha binária: jogar ou não jogar fora.

Cadernos de notas, páginas soltas, recibos, agendas, cartões de visita, ingressos de cinema, cartas, recortes, fotos, álbuns, bilhetes, fitas cassete e CDs sem capa. Se jogar suas lembranças fora, o que sobrará? O que somos além desse acúmulo de passado e esquecimento? Cada um dos objetos faz com que o homem de mudança encare a própria mortalidade.

Tendo as entranhas descobertas, espalhadas pelo chão de um apartamento vazio e empoeirado, o homem de mudança é um arqueólogo de si mesmo, um Indiana Jones de apartamento, um Xavier de Maistre das gavetas, um Joseph Conrad em jornada ao coração dos armários. Com sorte, do futuro, vestindo um traje de escafandrista, ele se verá morto, derramado pelo fundo do mar.

Como se percebe, há alguma ilusão envolvida no processo. O homem de mudança pode, em momentos de euforia, acreditar que está diante da rara oportunidade de editar seu passado, ao se desfazer de partes da sua bagagem concreta e emocional. O homem de mudança pode, ainda, querer criar um sentido para sua existência com base nessa coleção de objetos. De certa forma, ele percebe-se como o que guarda nas estantes e armários da sua casa.

Pior de tudo: o homem de mudança costuma cair na tentação estúpida de querer relacionar os objetos do passado com o que acontece hoje na sua vida. Assim, uma carta de amor que recebeu (ou escreveu) em 1987 explicará o encontro de ontem à noite, bem como o trecho sublinhado de um livro que ganhou de presente ou aquela fita que gravou para a menina em 1999. Qualquer objeto ganha o peso de uma declaração de princípios.

***

Se tiver muita sorte, o homem de mudança, enquanto ainda estiver desencaixotando seu pretérito, abandonará todas as hipóteses acima.

Ao perceber o acúmulo de anos empilhados sem ordem, uns sobre os outros, ele pode simplesmente aceitar a aleatoriedade. Se o fizer, os objetos serão cápsulas, independentes umas das outras, flutuando num espaço infinito de possibilidades.

No momento em que o homem de mudança chegar a essa desapegada conclusão, juntará todos seus objetos no centro da sala. Depois, acenderá o fósforo.

***

Antes disso, descobrirá uma avaliação de professores do jardim de infância na rua Paissandu que hoje não existe mais. O cabeçalho da página mimeografada em azul diz o seguinte: "Rio, 30 de junho de 1982/ Jardim Escola Belisário de Souza/ Relatório do 1º Semestre/ 1982/ Aluno: João Paulo Cuenca/ Turma: Maternal II/ Turno: Manhã".

Sem nenhuma edição, a segunda rubrica: "2 – Aspecto Aprendizagem: João Paulo apresenta uma capacidade de assimilação muito boa, participando com muito interesse de todas as atividades, apenas se recusando a participar de atividades relacionadas à vida prática como: vestir blusa, *short* e meias, abaixar e levantar a cueca, uso do papel higiênico etc.".

Daí vê-se que o pequeno Bartleby carregava em si o gene dos poetas delirantes e iconoclastas: a vida prática para ele já era só um pequeno detalhe. Aos três anos, preconizava-se toda uma existência desorganizada, de inúmeros conflitos com a realidade e com o limite do cheque especial. Explicam-se a extravagância e a bazófia das décadas posteriores, os precoces festivais de gato-mia promovidos em quartos de empregada com as luzes apagadas ainda na primeira infância.

No fim da página, há uma carta íntima da professora ao adulto que um dia foi aquela criança: "Adorava ver você brincar com os amigos e eles com você, e ainda tinha uma que era a preferida, a Carol. Lembra que você dizia que ia casar com ela e que a ia levar pra sua casa, e o bebê era a boneca que engatinhava, que ia comprar mamadeira, mas a Carol dizia que a boneca não podia ser um bebê de verdade e você dizia que queria assim? Você é uma criança que sempre teve uma capacidade enorme para guardar tudo que a Tia ensinava dentro dessa cabecinha. Puxa! E como tem coisa guardada aí dentro, não é?".

Eu não sei se há tanta coisa assim guardada, eu responderia hoje à Tia Celeste. O que parece é que, aos três anos, o pequeno prevaricador, ainda sem se limpar ou vestir, já tinha planos bem específicos de reprodução e posse.

***

E me dá uma melancolia grande nesta manhã de chuva e mudança: por onde anda a Tia Celeste? E a Carol? Eu perdi (também) a Carol?

A OCUPAÇÃO FRANCESA

... e nos resta apenas
saber quando será o
ano do Brasil no Brasil.

A primeira coisa que faço ao desembarcar no Rio é ocupar meu quadrado de areia no posto doze. Mas Paris é uma perseguidora eficaz: ao lado da minha cadeira, estão duas francesas vestindo ipanêmicos biquínis sobre seus alvos corpinhos. Digo *bonjour-mademoiselles* e engatamos uma conversa de elevador em que meu francês primitivo é recebido com entusiasmo. Somos os únicos seres humanos na praia às sete e cinquenta da manhã.

Em 2009, a ocupação francesa das nossas areias ganhará contornos de efeméride. Da mesma forma que 2005 foi o ano do Brasil na França, 2009 será oficialmente ano da França no Brasil – e nos resta apenas saber quando será o ano do Brasil no Brasil. A considerar a invasão de franceses, que, desde Villegagnon, tentam fincar a barraca neste país, 2009 não é o primeiro ano francês por aqui nem será o último.

De Santa Teresa ao Jardim Botânico, o Rio está cada vez mais polvilhado por franceses, daqueles que planejam ficar duas semanas e, apaixonados, acabam passando a vida. No meio-tempo, é comum que troquem suas conterrâneas mulheres por brasileiras. Segundo relatos, principalmente porque as nativas dão cafuné e, no dia seguinte, lavam a louça – coisa que a emancipada mulher francesa sempre se negará a fazer.

O curioso da situação é que há muitos imigrantes ilegais por aqui – *sans-papiers*, como dizem por lá. Ao contrário do governo da França, que neste momento dificulta a vida de todos os imigrantes, e da maior parte da opinião pública desse país, que os culpa pelos problemas da *république*, acredito que nossos franceses clandestinos e bronzeados devam ser integralmente legalizados. Aproveitando o ano de um país n'outro, os presidentes Sarkozy e Lula deveriam assinar um acordo de livre circulação de pessoas.

Em poucos meses, Santa Teresa viraria, de uma vez por todas, um bairro francês cheio de bistrôs e patisserias – fundaríamos de comum acordo a França Teresa, alguns séculos depois da França Antártica, quando em plena praia do Flamengo entre 1556 e 1560 houve uma vila colonial francesa em terra firme chamada Henriville.

Em contrapartida, nossos patrícios em terra estrangeira teriam enfim seu naco de igualdade, liberdade e fraternidade em solo francês.

***

Poucos sabem, mas a França nos deu até o nome. Para o jornalista e escritor Serge Elmalan, a palavra Brasil não deriva da palavra portuguesa "brasa" ou "braseiro", como os professores sempre nos ensinaram. "Sua verdadeira origem é o termo celta *brésil*, que significa vermelho." Os franceses da Normandia, que logo após o descobrimento se tornaram os primeiros traficantes de pau-brasil para a Europa, batizaram com esse nome a preciosa madeira vermelha que aqui vinham buscar. A palavra *brésil* difundiu-se a tal ponto que, segundo o historiador João Ribeiro, "Brasil" na verdade é um galicismo: o primeiro galicismo da língua "brasileira".

***

Há um momento em que a esteira rolante que traz as bagagens está cheia de malas e que a sala de desembarque está lotada de passageiros, ainda que nenhuma das malas seja de qualquer um deles. Isso pode se arrastar por minutos de tensão crescente, de olhares sobre os ombros e de silenciosos questionamentos: "Onde está minha mala?", "Por que demora tanto?", "Será que todas foram extraviadas e mandadas para o Paraguai?".

Estar em certos bares, festas e salões, daqui e de lá (o Baixo Gávea na Gávea, o La Fourmi em Montmartre etc.) é viver esse momento prolongado ao infinito.

O HOMEM DE TRINTA ANOS

... colocar as coisas em
perspectiva, ilusão típica
de seres humanos que
completam trinta anos.

Ontem fiz trinta anos.

Fazer trinta anos é, entre tantas coisas, finalmente reconhecer a total desimportância que você ou o seu aniversário tem para o mundo. Dessa forma, iniciar uma crônica com a frase "ontem fiz trinta anos" é de uma sem-vergonhice incompatível com a idade de trinta anos. Esse é o tipo de pensamento que os seres humanos começam a ter com trinta anos.

Até os trinta anos, vivi como se fosse uma entidade incorpórea. Com a idade premiada, vem a descoberta: você mora num corpo e esse corpo não é oco. Aos trinta anos, descobre-se onde ficam o fígado, o pâncreas, os rins. Não num livro de anatomia, mas por meio de pontadas no abdômen e na lombar. Aos trinta anos, você percebe que seu coração esgarçado não é simplesmente uma metáfora, que ressacas podem durar três dias, e cogita a hipótese de parar de entupir suas veias com lixo. Esse é o tipo de preocupação que os seres humanos ganham com trinta anos.

Há dez anos, fazer trinta era apenas uma irrealidade tão distante quanto um exame de próstata. Hoje, imagino o que vou fazer da vida quando (ou se) chegar aos cinquenta – preciso começar agora a pagar o INSS, comer fibras, escrever minhas memórias, voltar a correr, ler *Em busca do tempo perdido* e fazer um *check-up* dentário. Esse é o tipo de lista que os seres humanos começam a fazer com trinta anos.

Hoje, vejo que aos vinte era um imbecil que não sabia nem dar bom dia a uma mulher. Aos quarenta, espero não chegar à mesma conclusão quando reler esta crônica. E, sobretudo, não me arrepender demais do trecho da minha biografia correspondente à década que tem início hoje. Preocupar-se com a opinião que você terá sobre si mesmo no futuro é o tipo de antecipação inútil que os seres humanos começam a ter com trinta anos.

Nos últimos anos da minha já saudosa década perdida de vinte, passei metade dos meus dias fora do Rio de Janeiro. Isso me fez entender com lucidez os motivos pelos quais eu amo (e também odeio) a cidade onde nasci. Com três décadas nas costas, você sabe qual é a janela de onde você enxerga o mundo, e esse é o tipo de visão que os seres humanos começam a ter com trinta anos.

Aos trinta anos, você sente essa compulsão estúpida para fazer contas: quantos ossos quebrados, quantas linhas publicadas, quantos endereços, quantos pra sempre. E, assim, cede à tentação estéril de buscar algum sentido ao colocar as coisas em perspectiva, ilusão típica de seres humanos que completam trinta anos.

Tudo o que você não é, ainda pode ser a partir dos trinta anos – com óbvias exceções como astronauta, atleta olímpico ou concertista de piano. Ainda dá tempo de escrever a grande obra, ser uma estrela do *rock*, morar num veleiro e enriquecer. Esse é o tipo de pretensão delirante e desesperada em que os seres humanos podem, ainda, se refugiar aos trinta anos.

No entanto, algo acompanha os trinta anos que é mais importante do que todo o resto: a convicção cristalina de que seus bons defeitos não têm cura. De que você é um acidente esperando para acontecer desde que nasceu. De que, após cada desastre, a vida seguirá – até que acabe. Esse é o alívio possível, essa é a saída – essa é a iluminação do homem de trinta anos. E aí ele se aproxima, não do homem de vinte ou de cinquenta, mas do homem de cinco, do homem relaxado, tranquilo e bem resolvido que era quando tinha cinco anos.

NUNCA MAIS
CASA DA MATRIZ

Nunca mais músicos incógnitos
e seus futuros biógrafos,
descolados gênios inéditos da
raça na Casa da Matriz.

Nunca mais Casa da Matriz, sua escada apertada, banheiro escorregadio, fumaça de cigarro sob a luz estroboscópica e os graves finlandeses do quarteto de *post-rock* de um ontem que ainda está para chegar. Nunca mais conversa de surdos, nunca mais o mar de cotovelos no caminho do balcão, nunca mais nenhum enlace de quinze minutos por trás das portas ou sobre os fliperamas do segundo andar da Casa da Matriz. Nunca mais começar no Risoto sapateando sobre baratinhas, cumprimentando efusivamente gente cujo nome não lembro até chegar a hora de entrar na Casa da Matriz e me juntar à sua multidão de anônimos-conhecidos. Para onde irá tanta gente, agora, sem Casa da Matriz? Nunca mais furar a fila da Matriz, nunca mais ter o nome na porta, nunca mais a "lista", nunca mais fazer fila e decidir que a fila está melhor do que a Casa da Matriz. Nunca mais assistir a um *show* de *rock* no primeiro andar da Casa da Matriz, nunca mais tocar na Casa da Matriz. Nunca mais distribuir um *flyer* da Casa da Matriz, nunca mais receber uma filipeta da Casa da Matriz, nunca mais qual-é-a-boa-de-hoje-na-Matriz? Nunca mais a Maldita, nunca mais a Febre, nunca mais a Paradiso e a Sundae Tracks. Nunca mais PJ Harvey, Pixies e Godspeed You! Black Emperor. Nunca mais a Casa da Matriz é a melhor boate do Rio, nunca mais eu não aguento mais a Casa da Matriz, nunca mais eu odeio a Casa da Matriz, nunca mais eu amo a Casa da Matriz. Nunca mais chegar cedo para passar o som, nunca mais ligar a pedaleira da guitarra no benjamim em curto, nunca mais a garrafa de cerveja sobre o amplificador Meteoro na pista-um da Casa da Matriz. Nunca mais a roda de pogo na Casa da Matriz, nunca mais dançar contra a parede na Casa da Matriz, nunca mais os casais se amassando em exibição na Casa da Matriz. Nunca mais as intrigas amorosas dentro da Casa da Matriz, as ex-namoradas e os ex-namorados desfilando suas novas companhias, esbarrando-se pelos fétidos corredores. Nunca mais um encontro às escuras, nunca mais baixaria, nunca mais nenhuma cena, nunca mais qualquer olhar trocado na Casa da Matriz. Nunca mais o pessoal cochilando no sofá ao lado do aquário do DJ na pista-um da Casa da Matriz, enquanto espera a carona. Nunca mais a pista-dois está melhor do que a pista-um, e também nunca mais botar som na Matriz, nunca mais os estojos empilhados de CD, nunca mais equilibrar o copo de gim-tônica sobre a mesa de som, nunca mais tocar aquela música pra você na Casa da Matriz. Nunca mais as *lulu brooks* e seus ideogramas tatuados na nuca, nunca mais as *groupies* de maquiagem borrada da Casa da Matriz. Nunca mais músicos incógnitos e seus futuros biógrafos, descolados gênios inéditos da raça na Casa da Matriz. Nunca mais a microcelebridade da Casa da Matriz, nunca mais perder o senso do ridículo na Casa da Matriz. Nunca mais os poucos eleitos que sabem cantar a letra da canção desconhecida levantarão as nucas como pavões obscuros e empertigados dublando suas letras em exibição na pista de dança-sem-dança da Casa da Matriz. Nunca mais viradas de bateria e solos de guitarra reproduzidos mimeticamente pela *intelligentsia* local em instrumentos imaginários, construídos por gestos no ar num repetitivo ritual na Casa da Matriz. E nunca mais esses gringos perdidos dentro da Casa da Matriz, nunca mais essa gente bizarra que não tem nada a ver aqui na Casa da Matriz. Nunca mais invasão da Casa da Matriz. O mais terrível: nunca mais pagar um drinque de *vodka* para a Cat Power na Casa da Matriz em 2001 – ou seria 2002? Ou seria um copo de água? Nunca mais, finalmente, a fila do caixa e o cartão de consumação da Casa da Matriz. E nunca mais amanhecer na Henrique de Novaes no cenário devastado de uma Botafogo deserta e suja às cinco e meia da madrugada de um domingo pós-nuclear. Nunca mais acordar de ressaca, cheirando a cigarro em 2001, esse ano que nunca termina. Nunca mais nada disso. E nunca mais Casa da Matriz?

AS BOLSAS IMAGINÁRIAS

O indiano de sombreiro
abandona o selim, troca
duas palavras com o
cérbero da ocasião...

Quando a *bartender* com um jeans atochado nas carnes e delineador nos olhos toca o sino sobre o balcão e acende as luzes do *pub* à meia-noite em ponto, as calçadas úmidas do Soho são novamente tomadas por hordas embriagadas e sem destino. Acompanho esse movimento desorientado que hesita entre correr para a estação de metrô e sentar no meio-fio ou no próximo bar. Depois de escapar de incontáveis convites para entrar nos inferninhos-cilada da região, aterrisso numa esquina da minúscula Chinatown londrina, quando pedrinhas de gelo começam a chover do céu. Encontro refúgio num táxi-triciclo conduzido por um indiano de sombreiro que me faz a pergunta de ouro: "Para onde?".

Nessas alturas, respondo que não sei o que fazer da terça-feira fria. Não faço a menor ideia. Tampouco tenho para onde ir. E digo que pedale. A chuva de gelo nos abandona, enquanto navegamos lentamente pelas ruas do West End, sendo ultrapassados por táxis negros e ônibus vermelhos que quase viram nossa frágil embarcação nas águas invertidas do tráfego londrino.

Antes que volte a mim e perceba o ridículo da situação, o passeio termina na Oxford Street, em frente a uma fila que se estende por metade de um quarteirão. O indiano de sombreiro abandona o selim, troca duas palavras com o cérbero da ocasião, que me olha com desprezo e me empurra escada abaixo. Dois andares abaixo do solo, recebo um carimbo de "aprovado" nas costas da mão direita e entro num salão onde novamente a encontro.

Conhecida como criadora de barracos em todo o planeta, Amy Winehouse está em cada buraco desse buraco cheio de adolescentes, claro o suficiente para me dar nostalgia de quando se podia fumar em lugares fechados por aqui.

Como se não bastasse as capas dos tabloides, as prateleiras das livrarias (repletas de biografias autorizadas ou não) e, claro, a TV, o rádio e as lojas de discos, a cantora de 24 anos se replica em cada mocinha inglesa dessa noitada. Nas suas maquiagens borradas, nas meias-calças de renda, nos shortinhos curtos, nos vestidos decotados e, acima de tudo, no torpor alcoólico que leva as inglesinhas a rodopiar ao redor de si mesmas, enquanto buscam a próxima dose, dançando com os cotovelos meio suspensos e os pulsos virados para o teto, como se carregassem bolsas imaginárias nos antebraços.

No dia seguinte, Mrs. Winehouse, que tem uma fortuna estimada em dez milhões de libras e só perde em popularidade na Inglaterra para a Lady Di (segundo recentes pesquisas etc.), foi expulsa de um boteco em Camden, de onde escrevo, por supostamente estar drogando-se no banheiro. Na mesma semana, teria distribuído sopapos num bilhar, faltado a audiências judiciais e entrado em casa com a ajuda de um mendigo (tinha esquecido a chave).

Quando perguntadas, algumas das meninas dizem que Amy está fora de moda e que ninguém a aguenta mais. Uma delas, retocando a maquiagem e despudoradamente ajeitando o sutiã tamanho família, ainda me garantiu que torce todos os dias para que Amy empacote de vez e leve com ela o marido (que está em julgamento, outro capítulo da história). Apesar do despeito das suas onipresentes clones, a morte precoce da cantora certamente pavimentaria sua entrada na galeria de mitos da indústria *pop*, seja lá o que isso for. AW me parece o maior fenômeno de massa ligado ao *rock* na Inglaterra desde a guerra do Britpop, entre Oasis e Blur, há mais de dez anos.

***

Na semana passada, jantei com o escritor espanhol Enrique Vila-Matas, que me contou a história de um colega que, ao chegar para dar uma palestra, deparou-se com um auditório vazio. Ou quase, porque havia uma senhorinha ao fundo. O escritor, muito apropriadamente, deu sua conferência por uma hora, como se o salão estivesse lotado. Ao final, a velha senhora atravessou todas as cadeiras vazias, se aproximou do palestrante e perguntou: "O senhor poderia resumir tudo o que disse aqui perto da minha orelha? É que eu sou meio surda".

***

"Toda a sua vida é um artefato inútil quando você viaja"
(Juan Filloy, no livro *Op Oloop*).

QUESTÃO DE OPINIÃES

... e aí, qual é a sua opinião?
Qual o seu time, afinal?

Na madrugada da Chalk Farm Road, quando o céu já começa a clarear em tons de violeta, somos abordados por dois malucos. Um deles é um baterista de um grupo de *death metal* e usa um brinco no beiço inferior, que o faz babar a cada palavra. Foco os olhos no outro, que tem o dobro da idade do primeiro e o aspecto curvado de um mendigo. Erro meu. Quando digo que não tenho nenhum *penny*, o homem se aproxima e perigosamente explica: não quer dinheiro. Diz que está no caminho de casa e que decidiu, naquela noite, parar e conversar com todos os transeuntes que estivessem pela sua frente. Não somos muitos.

Com os olhos injetados orbitando ao redor do vazio, o sujeito pousa a mão no meu ombro e me conta as coincidências cósmicas do seu périplo noturno. Depois começa a monologar sobre suas opiniões. Sobre suas visões ébrias a respeito de absolutamente tudo, alternando os temas com a agilidade de um malabarista chinês que gira pratos de porcelana no topo de bastões. Discorre sobre desde o sistema judiciário inglês (é um doutor em direito que alguma viagem de LSD perverteu por completo) até futebol (torce para o West Ham) e arquitetura (detesta esses modernos, Le Corbusier e Niemeyer).

Nas pausas para respirar, o homem me pergunta: e aí, qual é a sua opinião? Qual o seu time, afinal? Eu digo que, naquela hora da madrugada e do itinerário, minhas opiniões já me abandonaram. Ele sorri e me pede um cigarro.

***

Quando não é um pedinte de interlocutores, como o meu novo amigo britânico, há sempre uma mulher que lhe pede a opinião. A sua opinião sobre a bolsa, as meias, o tom da maquiagem, se está gorda, os culotes e, acima de tudo, sobre o que deve fazer da vida. O efeito de tentar explicar que sua opinião é irrelevante ("sou um idiota, entenda") é o oposto do desejado: você ganha ares de autoridade em qualquer assunto. A metralhadora de interrogações continua apontada para a sua testa.

***

E, quando não é um pedinte ou uma mulher, são o mundo, os amigos, a folha em branco do jornal: em tudo há a demanda para que se opine sobre qualquer assunto. O que se acha dos travestis do Ronaldo, da sucessão presidencial, do novo clássico da banda da semana, do último filme do Wong Kar-wai, das viúvas magoadas do Glauber, dos detratores desqualificados do Glauber, do Partido da Imprensa Golpista, da passeata dos maconheiros ideológicos, de quem jogou a menina pela janela em São Paulo e do acordo ortográfico entre os países de língua portuguesa. E um largo etc. que muda todas as semanas, e sobre o qual se debruçam os jornais e seus colunistas de rodapé.

***

Arrisco uma metaopinião: as opiniões neste início de século parecem cada vez mais radicais – e menos pensadas, como se caprichos fossem. O sujeito pensa (reage) com sabe-se lá que partes obscuras do corpo. E afirma suas opiniões com o apego de quem afirma a si mesmo. Porque se confunde com o que pensa sobre tudo. Confunde-se com os próprios gostos. Confunde-se com o time de futebol. Confunde-se com suas posturas político-estéticas.

Mas um homem não é a soma das suas opiniões. E, no fim de tudo, suas opiniões mais importantes são aquelas sobre as quais jamais será perguntado.

***

Alguém me contou uma *boutade* do escritor e filósofo francês Maurice Blanchot: "Todos os dias há uma coisa para não se ver". Eu acrescentaria: todos os dias há um tema para não se opinar. E isso, claro, é uma opinião.

EU NÃO ESTOU AQUI,
ISSO NÃO ESTÁ ACONTECENDO

Thom Yorke é um marciano de camisa polo, é o messias, é o profeta da nova era pregando num Olimpo fluorescente...

Se tivesse de resumir toda a obra do Radiohead numa única frase, usaria o refrão de *How to disappear completely*, do *Kid A* (2000): "I'm not here/ This isn't happening" ("Eu não estou aqui / Isso não está acontecendo"). Aquele cara ali não sou eu. Eu me perdi. Eu estou em outro lugar. Eu já fui, virei a esquina, sou outro que desconheço. E me vejo filmado por uma câmera, que me persegue o tempo todo, registrando meus passos em *videotape*.

Esse sentido de alteridade, virtualidade e escape está por trás de toda a poética do quinteto de Oxford que, usando palavras da *Enciclopédia Britânica*, é responsável pela "música mais magistral – e mais saturada de angústia – da era pós-moderna". O Radiohead, melhor do que qualquer cineasta, pintor ou escritor contemporâneo, conseguiu expressar a ressaca do fim do século XX, cujas luzes ainda não se apagaram. Registrou o mal-estar desse século passado que ainda vivemos, tão fartos de informação quanto carentes de sentido, e o transformou em arte. Assim, atua como um dos poucos faróis que apontam para o próximo século, o século XXI, aquele que começou sem ter começado.

Ou que, se já começou, começou apenas num disco do Radiohead.

Não ceixa de ser irônico o fato de o Radiohead *ainda* ser uma banda de *rock*, que faz concertos e lota estádios. Depois de desconstruir a estrutura que se espera de uma canção de *rock*, a poética que se espera da letra de uma canção de *rock*, a formação que se espera de uma banda de *rock* e a forma como se espera que uma banda de *rock* comercialize os seus discos, apenas falta desconstruir o formato de apresentar suas músicas ao vivo.

Após quase duas horas e meia de *show* no último dia 10 de junho em Paris, eu quase me arrependo desses pensamentos. Porque ver o Radiohead ao vivo é uma experiência monstruosa. Uso essa palavra extravagante e ainda poderia usar outras, como religiosa ou transcendente. É um universo épico, repleto de fantasmagorias, imagens e texturas estranhas que aqueles cinco seres humanos criam sobre um palco, alternando-se em instrumentos na frente de um complexo arranjo de luzes, telões e tubos de néon.

Thom Yorke é um marciano de camisa polo, é o messias, é o profeta da nova era pregando num Olimpo fluorescente, se equilibrando à beira do abismo do tempo. E a massa o acompanha, grita, se mistura em empurrões, imita os gestos do líder, enquanto Mr. Yorke, que, como nós, também não está ali, secretamente ri de tudo. Os dois guitarristas são entidades opostas em lados opostos do palco. Enquanto Ed O'brien é um galã de gestos e trinados frios, Jonny Greenwood é um alucinado que, ao mesmo tempo que desfia *arpeggios* complexos, toca teclado com a cabeça da guitarra. Isso quando não está jogado no chão tirando som de pedais e processadores analógicos ou tocando xilofone. Colin Greenwood e Phil Selway fazem dupla aparentemente menos aeróbica em baixo e bateria, mas o Radiohead não seria o que é sem aquelas linhas de baixo e levadas sincopadas e bastante mais complexas do que soam.

Quando as luzes se acendem depois do segundo bis, que fecha com *Karma Police* e *Idioteque*, muitos ainda ficam congelados, encarando o palco vazio e aceso, como se tivessem sido arrancados de um sonho ou atropelados por um caminhão de significado. Não é que o Radiohead seja a banda de *rock* mais importante do planeta Terra – para toda essa gente, ele é muito mais do que uma banda de *rock*.

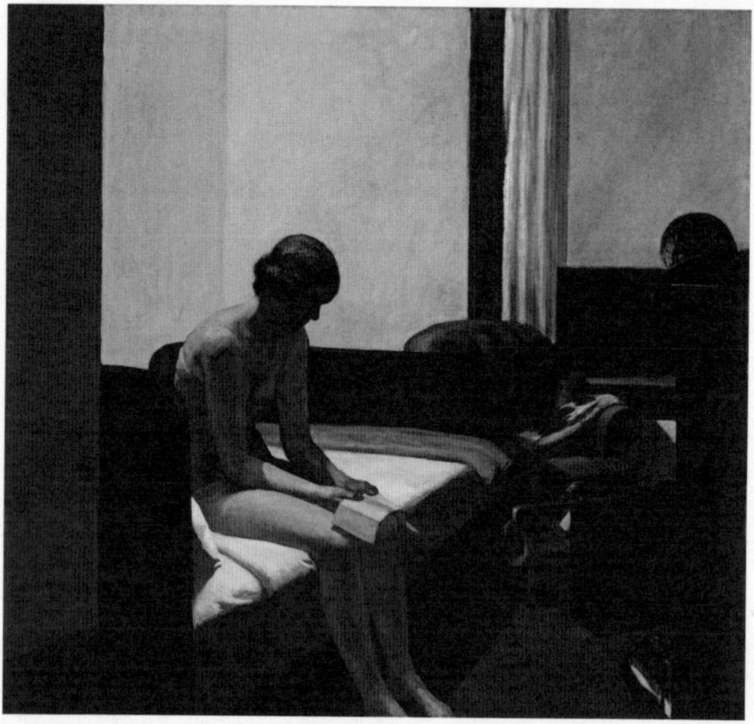

© Edward Hopper. Quarto de hotel. 1931. Procedência: Museo Thyssen-Bornemisza, Madri

O QUARTO DE HOTEL DE HOPPER EM MADRI

Ela não chora.
Ela não vai chorar.

A mulher está sentada numa cama de solteiro. Veste um corpete. Sobre suas pernas há um pedaço de papel, com as dobras abertas, que ela segura com as duas mãos. No canto, atrás da cama, há uma poltrona verde com um vestido largado. No chão, duas malas e um par de sapatos. Vê-se também a parte de trás do que parece ser uma cômoda, em cujo topo se equilibra um chapéu.

Sobre as costas da mulher há um bloco de luz branca. As costas curvadas da mulher parecem sentir esse peso. O seu rosto, seu tronco e seus braços estão imersos na sombra. A luz fria de uma lâmpada que não vemos ilumina a folha de papel, que é o centro do quadro, e também parte dos antebraços e a ponta dos pés da mulher. E as costas da mulher, claro, as costas que quase não vemos e que se curvam ao peso da luz.

O vestido solto na poltrona, os sapatos no chão, o chapéu recém-pousado na cômoda – algo há nesse papel que interrompeu as ações da mulher. E, por esse motivo, vamos considerar que, definitivamente, o papel é uma carta. Como a cama está feita, a mulher está semivestida e a luz acesa mostra que é noite, imaginamos que essa mulher está de passagem pelo quarto de hotel. Se acabou de chegar e se preparava para tomar banho, parou de se despir para ler a carta. Se a mulher estava se vestindo para sair, o mesmo: a carta inesperada é interrupção do movimento.

Como a carta entra no quadro? Alguém pode ter jogado a carta por debaixo da porta (que não vemos). Ou talvez a mulher tenha encontrado a carta sobre a cama, ao entrar no seu quarto de hotel depois de um passeio pela cidade (que não vemos).

Pouco importa: o que não vemos, principalmente, é o texto que a mulher lê. Ele nos é apresentado como um papel em branco – num contraste brutal com o rosto da mulher, obscurecido pela ausência de luz. Como ler o texto que há no papel parece impossível, podemos tentar ler o rosto da mulher, apesar da sombra.

A mulher, quase alheia a si mesma, parece já ter lido a carta. O que vemos é o impacto da sua leitura solitária – a leitura de uma carta que contém uma bomba. O que vemos é a representação de uma paisagem depois do bombardeio. Mas essa destruição é silenciosa e subjetiva. A tristeza da mulher do quarto de hotel de Hopper, que espiamos com olhar de *voyeur*, é contida. Seu desespero é silencioso. Ela não chora. Ela não vai chorar.

Mais do que uma pintura, o *Quarto de hotel* de Edward Hopper é uma narrativa. Que se transforma, de imediato, em duas: uma narrativa sobre o que se passa na cena, vista como um quadro dentro do rolo de um filme, e uma narrativa sobre o que se passa com o espectador do quadro – como ele *lê* o quadro. Porque as janelas de Hopper refletem nossas próprias obsessões. E, ao percebermos que a mulher não vai chorar, apesar do peso da luz branca e da solidão noturna sobre as costas, talvez possamos sentir, em algum lugar desconhecido dentro de nós, um triste e estranho conforto.

Acervo do autor

Foto da exposição "Linha de Sombra", de Regina Silveira, CCBB-RJ, 2009

UM MUNDO DE SOMBRAS

Acontece de quanto mais tentarmos iluminar um objeto, mais criarmos zonas escuras e mitificações sobre ele – sombras.

O prédio do CCBB, no centro do Rio, está sitiado por sombras gigantescas. Numa das salas do segundo andar, podemos ver as silhuetas negras de um móbile do Calder e da roda do Duchamp espalharem-se fantasmagoricamente pelas paredes – originam-se de cubos vazios. Aquelas são sombras cujos objetos inexistem – são sombras em si. Em outra sala, há três pequenos ganchos que projetam as formas distorcidas de um par de óculos, de uma tesoura e de um canivete.

A artista plástica Regina Silveira trabalha com o paradoxo de sombras que são diferentes dos objetos que as originam. Elas são pintadas na parede com base em uma geometria anamórfica – as perspectivas não são geradas por computadores, mas por cálculos inexatos (se é que o termo se aplica) feitos à mão pela artista (o processo é exposto em algumas reproduções gráficas) e que acabam por criar um simulacro de simetria. Uma ilusão de que aquela seria a aparência correta da sombra do suposto objeto se (1) ele ali estivesse (2) sob um ponto de luz localizado em determinado lugar.

Como o objeto não está, ou é outro, e o ponto de luz é também falso (a sombra é um decalque fixo na parede), estamos o tempo todo diante de enganos. O estranhamento maior causado por essas obras é perceber como as representações físicas desses paradoxos nas paredes do museu são correspondentes perfeitos das nossas ilusões mais mundanas e sanguíneas.

Se há quem diga que do amor só existem as provas, certa vez escrevi imagem mais pirotécnica e besta para ilustrar a mesma coisa – e que vem ao caso agora: o amor é uma catedral da qual apenas vemos a sombra.

Imagine essa monumental sombra desenhada no chão de uma praça vazia, e agora a sombra é minha, não mais da Regina. Sua silhueta seria a de uma catedral: o contorno de suas altas torres e cúpulas de mármore, o vulto de santos e anjos desenhados no piso, o rabisco de centenas de gárgulas à espreita no solo. Agora, imagine-se olhando para o alto na direção oposta ao desenho da sombra e enxergando apenas nuvens de poeira contra o sol. É natural que dessa construção não haja nada além da sombra. Ainda assim, a sombra dessa construção inventada ainda muito nos eclipsará.

Apesar da imagem repleta de misticismo, não há nada de esotérico aqui. Peço ajuda ao filósofo esloveno da moda, Slavoj Žižek, de quem outro dia li uma frase que dizia algo parecido com "se os olhos são a janela da alma, o que seriam os olhos se não houvesse alma?".

Os olhos são os que veem. E as sombras que criamos para nós mesmos são como as da Regina Silveira: independem de um correspondente real. Melhor dizendo, elas são, em si, nossa realidade imperfeita e nada empírica. Um mundo de sombras desgarradas.

***

As sombras que se enganam de objeto também podem ser lidas como um comentário sobre outras invenções humanas, mais dadas a racionalizações: a representação e a própria arte. Acontece de quanto mais tentarmos iluminar um objeto, mais criarmos zonas escuras e mitificações sobre ele – sombras.

Um escritor: quanto maior o grau de subjetividade que alcançar no que escreve, maior será o abismo que construirá ao seu redor. Ele é um demolidor de pontes, ainda que viva sob a ilusão de criá-las.

O ÚLTIMO BRASILEIRO

Para que aquilo lhe dê algum prazer, João costuma fingir que está sozinho em seu apartamento tocando violão.

Quatro senhores de terno reúnem-se em torno de uma mesa. Sob a luminária que projeta um cone de luz no ambiente esfumaçado, João Gilberto, Rubem Fonseca, Raduan Nassar e J. D. Salinger jogam pôquer fechado a dinheiro no *bunker* do músico no Leblon. A partida, que já dura quatro horas, é interrompida por um telefone negro que toca num canto esquecido da sala. Os três escritores fitam João Gilberto, que ignora seus olhares e baianamente diz "meeeesa...".

O telefone negro só será atendido às nove horas, quando João simplesmente dirá um seco "estou descendo" e tomará sozinho o elevador rumo ao táxi que o espera na garagem. Nos salões de mármore do Teatro Municipal, esta noite centro nervoso da corte do balneário, acotovelam-se os capitalistas da província, seus trovadores, bobos da corte, periodistas, damas de honra – e de companhia.

Todos vestidos com roupa de missa no feriado para ver João cantar.

Para João, é como se a multidão que disputou aquelas cadeiras a tapa (ou cadernetas de telefone e horas de fila) não existisse. Os refletores apontados para seu rosto fazem com que não veja ninguém, apenas uma massa disforme de sombras entre os balcões dourados do teatro. Para que aquilo lhe dê algum prazer, João costuma fingir que está sozinho em seu apartamento tocando violão. Quando consegue criar esse estado mental, o teatro e a sua pavoneada audiência desaparecem.

Sobram o gênio e o ascetismo musical do João – que, ao contrário do que certos idiotas da subjetividade apregoam, hoje é mais revolucionário do que nunca.

O escritor japonês Junichiro Tanizaki certa vez escreveu, em seu *Elogio da sombra*, que as sombras não são simplesmente projeções externas de um objeto – elas são parte integrante dele. Se acrescentarmos que a sombra é o silêncio da luz, podemos dizer que o João é um pintor cujas telas descansam no escuro. Sua sutileza mora no que deixa de fazer – e no que faz o ouvinte intuir por meio do silêncio em alguns tempos fortes ou da tônica que muitas vezes desaparece quando faz soar acordes invertidos. Isso tudo se une de uma forma tão impossível com a sua voz que não dá para imaginar seu cantar desacompanhado do violão – é como se todo o som saísse do mesmo lugar, gerado por um ente sobrenatural.

Para deixar a coisa mais cabeluda, toda vez que aposta no não dito, João faz isso de um jeito diferente. É capaz de recriar cada uma das *suas* canções incontáveis vezes, e fazer cada estrofe soar de uma maneira distinta – e final. João Gilberto é o intérprete definitivo de todas as composições que passam pelos seus dedos e boca.

Mais do que isso, é o intérprete definitivo de um Brasil que deveria ser – e que não chegou a ser, nem será. Porque esse Brasil perdido é o país da delicadeza, do charme e da sutileza que se perdem em meio à vulgaridade brutal que toma conta de tudo quando o João deixa de cantar. E, especialmente, quando temos de voltar nossos olhares a quem ocupa os camarotes do teatro.

Daí, entende-se o autoexílio dentro de um apartamento. Loucos somos nós, presos no Brasil, aqui fora.

A CIDADE DE MADAMES E PRÍNCIPES

... a estrela do carioca
é tão grande que só
pode brilhar sozinha.

Quando digo que o Rio de Janeiro é uma cidade cuja população é formada inteiramente por madames, príncipes e celebridades de primeira grandeza, todos apontam os olhos para mim com a mesma interrogação nas sobrancelhas: estará louco? Outra vez?

No entanto, essa é a mais pura das verdades: da viúva do general até o lixeiro, passando pelo caixa do banco, o diretor das empresas, o jornaleiro, o advogado, o camelô, o santo padre e o mendigo, todos os cariocas nasceram para brilhar, sem nenhuma exceção, como estrelas do cinema, garçons do Jobi ou vedetes do rádio. Algo haverá nesta terra, desde sempre iluminada pelas mais extravagantes riquezas naturais e nobiliárquicas presenças, que faz de seus personagens seres tão especialmente bem-aventurados.

No Rio, nada acontece por acaso. Tudo é cena, e jogo de cena. Aqui, um prestador de serviço qualquer não é simplesmente um funcionário que bate à porta do apartamento para consertar o aquecedor.

Ele é "Serginho Ferraz", compositor destacado da comunidade do Encantado, fidalgo com ascendências nas mais importantes linhagens de Oswaldo Cruz, tocador de tantã e pagodeiro de fundo de quintal nas horas vagas (ou, melhor dizendo, nas horas vagas é que atua como "técnico executivo autônomo do ramo de combustível natural doméstico").

Ela, que corre pela sala calçando chinelinhos e agora destranca a papaiz, é "Vanessa Machado", nascida no ano da Copa da Itália, ipanêmica gatinha bronzeada, todas as horas e pensamentos vagos, frequentadora das mais altas rodas de altinho do Nove-e-meio, cujo *fotolog* bate recordes sucessivos de visitação e comentários.

E aí está: o encontro de duas estrelas.

Mas os dois, desconfiados e *blasés*, fazendo pose para as câmeras e se enxergando de ladinho, não se tratam como tal. Porque a estrela do carioca é tão grande que só pode brilhar sozinha. E é por isso que existe o mito de que estamos acostumados à gente famosa, e que os artistas podem andar tranquilamente pelas nossas ruas, sem a compulsória distribuição de autógrafos, fotografias e tchauzinhos.

Na verdade, não damos muita bandeira aos famosos porque todo carioca é, também, um famoso, uma distinta criatura cuja biografia é escrita à medida que ganha as calçadas, sejam elas as do mundo encantado do Leblon, do sopé do morro ou das ruas modorrentas de Botafogo e do Grajaú. Não importa o bairro, a conta bancária, a ocupação ou o tipo físico: todos nós estamos perpetuamente condenados à celebridade, e à consagração.

E ao cercadinho VIP.

DEPOIS DO BAIXO GÁVEA

O tempo passa.
Todos ficam
roucos, levemente
eufóricos e ocupam
o lugar dos carros
na rua dos Oitis.

É quinta-feira no Baixo Gávea e passa das dez horas da noite. O tom das vozes se eleva à medida que o número das tulipas douradas multiplica-se sobre as bandejas flutuando pelos salões. Na rua, a multidão crescente organiza-se em pequenos círculos ao redor de isopores de cerveja. Há ainda os que se perfilam nas calçadas de olho nas donzelas sentadas nos dois bares-restaurantes que dividem o público numa disputa silenciosa: Hipódromo e Braseiro.

Alguns acreditam que os clientes do Braseiro têm aparência mais saudável, e que o Hipódromo é um bar mais propenso ao existencialismo de botequim, mas hoje não consigo enxergar nenhuma diferença entre os clientes dos dois. O que um dia já foi uma oposição com ares ideológicos se transformou num antagonismo estéril como o que há entre os extremos da política brasileira. O Hipódromo e o Braseiro, em tempos pós-utópicos, se tornaram dois bares de centro.

As pretensões artísticas e filosóficas da jovem boêmia carioca do BG numa quinta-feira, quando já passa das dez horas, são as mais variadas. Apesar disso, todos por aqui estão condenados a parecer figurantes de TV, atuando por trás de uma cena que não existe.

Há mais em comum. Os espécimes masculinos do BG, em pé nas calçadas, virando tulipas ou copinhos de plástico, encaram as moças enquanto coçam as partes como símios enjaulados. Elas, vestidas de gala sobre saltos de camurça, fingem não perceber que percebem. Mesmo que quisessem expressar algum sentimento, a maquiagem pesada não permitiria.

Esse jogo irresoluto pode (e irá) durar horas.

O tempo passa. Todos ficam roucos, levemente eufóricos e ocupam o lugar dos carros na rua dos Oitis. Estrelas platinadas de ocasião trocam cumprimentos histéricos. Há então o desfile de semiconhecidos, e talvez você até veja passar por ali alguém com quem já dividiu uma mesa ou um lençol certa noite, sabe-se lá em qual encarnação – você não teria como lembrar. E à sua mesa juntam-se outras, e no Braseiro há desfile de modas na passarela até o banheiro feminino, e no Hipódromo alguém diz que está montando um espetáculo, e discutindo um trabalho, e formatando um projeto.

Sem aviso, as cadeiras começam a aparecer sobre as mesas, despidas das toalhas. Água com detergente corre pelo chão, enquanto se toma a primeira saideira, e é hora da conta que sempre sobra na divisão entre os que ficaram. Com os sapatos molhados talvez dê tempo de tomar uma última em pé, ali na praça, antes de partir ao Diagonal ou a qualquer outro lugar que ainda esteja aberto, de casas de açaí a podrões de cachorro-quente.

E isso tudo, do início ao fim do Baixo Gávea, tem um único propósito secreto. Todas aquelas mentes bronzeadas guardam por trás dos olhos, palavras e ações nos seus palcos imaginários um único pensamento.

A certeza insofismável de que, depois do Baixo Gávea, todos iremos dormir sozinhos.

O CASAL
QUE SE BEIJA

... sem pausa para
hidratação ou
alongamento das
mandíbulas.

Está ali, na mesa do canto, o casal que se beija.

No início, é só mais uma dupla das que se formam entre seres humanos de sexo oposto em bares ordinários como este, sentados lado a lado com tulipas de chope à frente de uma intocada porção de fritas. Após cinco minutos de beijo sem pausa, a mesa onde estou (e onde ninguém se beija) começa a concentrar suas atenções no casal que se beija.

Com inveja, vemos os cinco minutos se transformarem em meia hora, uma hora, uma hora e quinze e a todo o tempo o casal que se beija se beija, sem pausa para hidratação ou alongamento das mandíbulas. Aqui, comparamos nossas cicatrizes, disputamos conhecimento sobre diretores obscuros de cinema e entupimos nossas barrigas com novas rodadas.

Na mesa do casal que se beija, os copos nem sequer se esvaziam. Eles tampouco parecem ter qualquer assunto para conversar. O que há por trás do cenho franzido da menina de rabo de cavalo que beija esse homem com os olhos tão fechados? O que quer dizer a mão do rapaz que agarra o pescoço suado da menina? O que pensa o casal que se beija?

Começamos a imaginar histórias. O casal que se beija acabou de se conhecer, encontro marcado pela internet. Ou o casal que se beija está em clima de despedida, pois ele viaja amanhã cedo e a menina quer compensar o futuro tempo perdido, saciando a cota anual de beijos de língua do rapaz. Ao mesmo tempo, alguém diz, o casal que se beija não tem tanta intimidade assim, ou então já não estaria no bar e teria partido para estágios mais avançados de carícia.

Discordo: há certa placidez no casal que se beija. Estão plenamente confortáveis dentro do beijo sem fim. E digo que o beijo do casal que se beija não me parece o introdutório para nada: eles simplesmente se beijam como duas crianças. É o beijo-em-si, o beijo sem segundo tempo, o beijo dos anjos, o beijo que todos nós, nesta mesa, desaprendemos a dar. Entre nós e o casal que se beija há um abismo intransponível de cinismo: nenhum de nós jamais poderá voltar a ser, se é que um dia fomos, como um dos partícipes do casal que se beija. Tão perto: tão longe.

Quando digo tudo isso, os seres humanos de ambos os sexos da minha mesa (da mesa onde ninguém se beija) viram a artilharia contra mim: "melancólico!", "pobrezinho!", "ridículo!" e ainda "que chato!".

Pergunto, então, há quanto tempo qualquer um deles não dá um beijo como o beijo do casal que se beija. Depois de contemplarem novamente o beijo do casal que se beija, todos se entreolham: as atrizes de teatro, os desenhadores destacados, os diretores promissores, a jovem inteligência do Baixo-Qualquer-Coisa. E ficam em silêncio sorumbático.

Alguém pede a conta. Em respeito, saímos quietos, com as orelhas baixas. Sob tubos de luz fluorescente, o casal que se beija continua a se beijar.

ANTES DO PEDIDO

Todos os dias, a gente joga muita coisa fora. Eu sempre fico pensando pra onde vai.

O mundo não me deixa sonhar. *Como assim, o mundo? O mundo não tem nada a ver com os seus sonhos.* Eu só vejo tragédia e destruição. *Em algum lugar existe espaço pra felicidade, nem que seja dentro de você.* Deixa de falar besteira. Só consigo enxergar as coisas boas como a ausência do que há de horrível. Uma foto bonita (o mar, um sorriso de criança) é um recorte que exclui a maior parte (fome, chacina, poluição). *Isso não quer dizer que você tenha de concentrar seu olhar ali.* Concentrar? Eu não preciso fazer esforço. Vivemos na eminência de uma tragédia. Esperando encontrar uma bala perdida. De certa forma, seria um alívio. *Você não deveria falar essas coisas.* Você já parou pra pensar no lixo? *No lixo?* É. Pra onde o lixo vai? *Eu sei lá. Pro lixão.* Todos os dias, a gente joga muita coisa fora. Eu sempre fico pensando pra onde vai. Penso também que alguém vai comer o meu lixo. Por isso eu boto o resto de comida sempre num saquinho separado do resto do lixo. Para que comam. *Que generosidade!* Me chama de maluca, vai. *Você deveria aproveitar essa sua consciência social para fazer algum trabalho voluntário, sei lá.* Eu tenho medo. E não adianta nada. *E organizar o lixo, adianta?* Não. É só uma mania pra aliviar a culpa. Como fazer caridade ou doar sangue. *Qual é a saída, então?* Não existe saída. Esse mundo é uma máquina de moer carne. É só isso e não é nada além disso. *Pelamordedeus, que chavão adolescente!* Eu só queria viver num lugar onde não tivesse de ficar pensando o tempo todo na miséria dos outros, com medo de ser assaltada ou tomar um tiro. *Muita gente sai do Brasil por isso. Lá fora, essas pessoas encontram outros motivos para ficar deprimidas.* Eu odeio sair na rua e ter medo de uma criança pobre. Isso é o fim. Queria que desaparecessem. Ou então que me dessem uma facada logo de uma vez. *Você está muito fatalista. Esse vinho...* Não é a bebida. Vai ver é porque nunca acontece nada. A gente fica esperando. Passa a vida esperando. *O problema é que você só espera por tragédias. No entanto, só te acontecem coisas boas. Por exemplo...* Agora chegou o momento em que você tenta me deixar culpada, pela minha sorte de ter isso ou aquilo. Estou de saco cheio de sentir remorso pelo que tenho. Foda-se! *Talvez você devesse perder alguma coisa.* Pior do que perder tudo, é viver na expectativa do desastre. *Talvez você esteja precisando de uma tragédia real.* Ou de um soco no nariz. *Ou isso. Eu me candidato.* Eu toparia qualquer coisa pra poder voltar a sonhar. Nunca mais sonhei com porra nenhuma. Eu tinha tanta esperança. Mas descobri que não dá pra ter esperança neste país. É como se fazer de otário. *Então deixe de pensar no país ou no planeta Terra. Pense em você mesma.* É o que todo mundo faz. E aonde chegamos com isso? *Seu problema é encarar o mundo como uma resposta. Ele só te dá perguntas.* E você só me dá chavões, querido. Como você consegue dormir à noite? *Eu durmo muito bem.* Acho que chegou a hora de fazer o pedido. O que você quer? *Pode pedir o que quiser, eu como o mesmo. Garçom!* Bem, então, vou querer uma *Rémoulade de coquilles St. Jacques e* como sobremesa um *Ravioli au chocolat araguani.* Para nós dois, por favor. *E mais uma garrafa de vinho, sim?*

ENCAPSULADO

Cada corredor tem
umas trinta gavetas por
parede, três fileiras de
dez, uma sobre a outra.

Perdi o trem. Em Tóquio, o trem para de passar à meia-noite e meia e retorna às cinco e meia. Voltar para casa de táxi é muito caro, o que faz com que muita gente espere a reabertura da estação dormindo na calçada ou num café. Desesperado de sono, caminho pelas avenidas iluminadas de Kabukicho, principal ponto de encontro de moscas humanas da cidade, cercado por lanchonetes de *fast-food* americano, agências de prostituição, prédios de karaokê, videogame, *patchinko* e *sex shops,* restaurantes de *yakitori* gorduroso, árvores ocas e nuas, bares mal iluminados, lojas de quinquilharias vinte e quatro horas e corvos catando lixo sobre poças escuras nas ruas e becos superlotados de estudantes embriagados, homens de negócio com gravatas afrouxadas, vagabundos de todos os quilates, acompanhantes, carecas Yakusa e estrangeiros perdidos como baratas do mar sob o oceano de néon, incansavelmente abordados por intermediários multiétnicos de drogas e mulheres.

Mas não quero nada disso. São duas e meia da manhã e procuro por um hotel cápsula.

Ignoro a advertência ilustrada sobre a proibição de homens tatuados e bêbados – sou um deles – e entro. Subo dois lances de escada e chego à recepção, onde tiro os sapatos e assino meu nome. Recebo uma chave (3021), um roupão e duas toalhas, assim como breves instruções em japonês. Vou ao vestiário e troco de roupa.

Antes de dormir, exploro os corredores lúgubres e estranhamente iluminados do hotel cápsula. Uma cápsula é uma gaveta de fibra de vidro. Você dorme na gaveta, enquanto outros dormem na gaveta abaixo ou acima. Cada corredor tem umas trinta gavetas por parede, três fileiras de dez, uma sobre a outra. Aqui devem ter umas quinhentas gavetas.

Nos banheiros coletivos cheirando a cigarro, velhos japoneses assoam o nariz daquele jeito que só velhos japoneses conseguem assoar o nariz. Como eu, imagino que a maioria desses homens tristes e vestidos em roupões puídos deve ter perdido seu trem.

Reúno coragem e resolvo procurar minha cápsula. Ela fica no terceiro andar (são cinco). Para minha sorte – ou azar, não sei – minha gaveta fica no meio de outras. Acima dela, alguém dorme. E também aos lados.

As gavetas não têm porta, apenas uma pequena cortina de bambu que, além de luz, deixa entrar o som dos outros. A abertura por onde você entra tem cerca de cinquenta centímetros de altura e largura. É impossível ficar de joelhos, muito menos de pé. Dentro desse retângulo exíguo, não consigo me virar ou esticar os pés. A estrutura de fibra comporta um pequeno monitor de TV, alimentado por moedas, e um controle lateral de rádio e luz. Procuro por um ventilador ou ar-condicionado, mas não há. Faz calor dentro do caixão.

Durmo um sono de seis horas cheio de sobressaltos (acordo toda vez que alguém pisa no corredor) e tenho uma longa sequência de sonhos lúcidos. Dentro dos sonhos, pego meu caderno de sonhos e anoto o sonho dentro do sonho. Isso é uma recorrência, aliás, e talvez a melhor literatura que jamais produzirei.

Às nove, uma mensagem automática ressoa dentro da cápsula. Não entendo do que se trata e volto a dormir. Às nove e meia, nova mensagem, e o eco de música clássica pelos corredores. Um homem abre a cortina da minha cápsula abruptamente. Um bloco de luz branca invade meus olhos.

No vestiário, os *salarymen* e suas feições amarfanhadas voltam a mostrar alguma dignidade ao retomarem a posse dos seus ternos e gravatas. Quando saio para encarar com o corpo moído a manhã quente de Tóquio, um confiante funcionário me oferece um cupom de desconto para a próxima noite.

O TEMPORAL

... a cidade submersa se reconstruirá, quarteirão após quarteirão.

Uma nuvem negra se aproxima do céu de Ipanema. É uma caravela da qual vemos apenas o casco escuro, como se estivéssemos deitados no fundo do mar. A sombra da nave imprime cinza sobre um recorte diagonal da praia. Fora das fronteiras móveis da zona escura, a areia ainda brilha, crepitando sob o sol. De frente para ele, tento ler um livro. Fracasso. As páginas se debatem com o lufar de um vento súbito. Suas palavras se embaralham.

Em poucos segundos, o deslocamento de ar ganha força. A direção das rajadas é indefinida, elas se alternam vindo de todos os lados num jogo imprevisível. E levantam pequenos papéis, copos e sacos plásticos que flutuam uns contra os outros. Uma fina camada de areia se desloca do solo, corre suspensa rente às pegadas misturadas de quem já não está ali. No mar, as ondas quebram forte, deixam atrás de si um rastro de espuma branca parado no ar.

A praia agora é um ambiente grave, como se algo de inadiável estivesse para acontecer. Todos se apressam, recolhem suas cangas, barracas e cadeiras rumo ao calçadão. Os barraqueiros despejam com pressa o gelo dos isopores na areia. Há um espocar de luz, ouve-se um trovão. Pingos grossos começam a cair sobre a areia, sobre meu rosto, sobre as frases do livro aberto.

Em instantes, vejo-me só na praia. As gaivotas parecem ter perdido a direção, voam em círculos contra o vento errático. A nuvem estaciona sobre a minha cabeça e, finalmente, após um instante de silêncio profundo, ouço o som do primeiro bloco de água caindo sobre o chão.

No fim de tudo, fora do domínio da chuva, as ilhas Cagarras continuam iluminadas, dando um contratom à cortina de chumbo que cobre o mar, a areia, os pedestres em fuga. Aqui, as gotas tamborilam sobre as páginas do livro aberto num pipocar agudo, como numa máquina de escrever acionada por dedos leves e muito rápidos. A areia se transforma numa multidão de minúsculas explosões e crateras cor de argila. Nela, enterro os pés frios.

Escurece rápido, e postes acendem-se na avenida: os riscos da chuva no ar opaco são iluminados pelos faróis brancos dos carros que chegam, pelos traços brilhantes e vermelhos dos que vão. Atrás da via, os prédios da orla desaparecem. A cidade inteira se desfaz, quarteirão após quarteirão.

Até o fim do temporal, o movimento de tudo será lento e pesado. Meus pés, fincados na areia cada vez mais dura, estarão presos. As letras nas páginas do livro ficarão borradas, sua tinta preta escorrerá pelos meus dedos, transformando-se em amontoados de traços nebulosos. A matéria do mundo se tornará inominável.

Mas, em algum momento, o morro Dois Irmãos ganhará por trás de si uma fonte de luz azulada. Nuvens cor de sangue terão espaço naquele céu, e a caravela negra se transformará numa lembrança irreal. Os automóveis apagarão seus faróis (ainda será dia), e a cidade submersa se reconstruirá, quarteirão após quarteirão.

Depois da chuva, desejo apenas que o sol ainda seja suficiente para evaporar as poças da calçada. E secar a tinta dos meus dedos antes que a noite novamente caia sobre nós.

UM TREM NOTURNO

... tudo me parece um pressságio: as abotoaduras, o homem, o filho, a saia da mulher.

Um trem noturno é uma máquina de abandono. Pelas janelas, as paisagens transformam-se em alta velocidade: montanhas e pequenas cidades ficam para trás como peças de roupa jogadas no chão. A cada zunir de postes, a cada dormente dos trilhos, o passado dos viajantes se desprende um pouco mais dos seus corpos – como casca de ferida.

"Ficar sozinha com ele num quarto já me parece algo errado", é o que pensa a mulher de meia-idade que viaja à minha frente. Vinda de uma cidade onde as moças jamais mostram os joelhos (a única nudez que se vê nas ruas é a da copa das árvores), ela ganha uma reprimenda silenciosa do senhor de terno e abotoaduras por estar usando uma saia mais curta do que deveria. O homem estica o pano sobre a perna da mulher com a mão esquerda. Enquanto me olha de esguelha, finca o cotovelo no apoio de braço, tenta demarcar espaço.

Sobre as coxas da mulher de meia-idade, agora cobertas, um menino descansa a cabeça. Ao contrário de nós, ele tem pouco a deixar para trás. E dorme e sonha como tal.

No trem noturno, tudo me parece um presságio: as abotoaduras, o homem, o filho, a saia da mulher. Saio da cabine para pegar ar, o que é uma figura de linguagem já que não se pode abrir as janelas. Equilibro-me pelos corredores da composição e avanço em passos sinuosos até o vagão-restaurante. Cada porta entreaberta lembra a entrada de um cinema. Há inclusive um bilheteiro fura-tíquetes, que aqui é fiscal do trem.

Começa a relampejar. Pelas janelas, a noite é escura e esconde a chuva. A luz dos relâmpagos congela por um instante a paisagem e depois devolve escuridão às planícies. Os raios vêm em ondas, surgem juntos para depois se esparramarem no céu como artérias, alvéolos ou, ainda, como as copas das árvores nuas de Lisboa, onde as mulheres jamais mostram os joelhos.

A porta que conecta os vagões, no fim do corredor, é subitamente aberta por uma adolescente com jeito de aeromoça austríaca, com os cabelos e olhos muito claros. Imagino que tenha uns dezessete anos. Esconde o corpo esquálido sob um sobretudo de veludo vermelho e leva à boca um cigarro fino com ares de quem se esconde. As unhas estão roídas e descascadas, o rosto é borrado de maquiagem. Para ao meu lado e olha a janela, encara as fronteiras que ficam por trás do escuro. E me pergunta em inglês, como se despertasse de um sonho: "Não é estranho?".

"O quê?" – Devolvo sua pergunta com outra. Ela demora a responder: "Os relâmpagos. Não fazem som. Você percebe? Não se escutam os trovões. Não é certo isso de relâmpagos sem trovões."

"Deve ser porque há algo *errado*...", digo.

Ela nada responde enquanto, sobre o teto metálico do trem em alta velocidade, os relâmpagos se juntam num único feixe no céu, formando um tornado elétrico. A radiação então pinta nossos rostos de prata, e o corredor e as portas fechadas atrás de nós se iluminam por uma luz de refletor. O tempo entre nós se dilata e o vagão deixa de chacoalhar, como se houvesse abandonado a Terra. É quando percebemos que as estrelas ao longe já começaram a cair, inaugurando o dia dentro da noite.

E assim será até que o menino na *minha* cabine, o menino que dorme sobre as coxas da mulher de meia-idade, agora cobertas pelo senhor de terno e abotoaduras, acorde desse sonho e eu volte ao meu lugar no trem noturno.

O OLHAR
DA DANÇARINA

O choque vibra pelos braços da dançarina até chegar aos seus ombros, que se contraem com breve ternura.

Os olhos morenos da dançarina encaram um ponto fixo acima das nossas cabeças. A audiência, aturdida pelos movimentos sinuosos da mulher, senta-se na ponta das cadeiras e estica o pescoço – como se suplicasse caninamente por um olhar, pedindo em silêncio para que ela abaixe os olhos e nos enxergue por um instante.

Mas o olhar da dançarina não vem.

***

Abaixo das órbitas incendiárias daqueles olhos, alguém poderia dizer que sua saia é uma onda brava do mar de Alborán. Que seus pés são armas de repetição. Que suas mãos são plumas brancas soltas no ar. Que seus dedos de pianista são cápsulas de orquídeas desconhecidas pela biologia moderna... Pouco disso importa quando uma súbita explosão interrompe os passos suaves da bailarina e, com eles, toda poesia barata.

É que, num movimento ágil, ela pula sobre si mesma, batendo os dois pés no piso de madeira. O choque sobe pelas pernas da dançarina, há um estremecimento doce em cada ponto desse corpo. Num movimento ágil, ela gira o tronco com violência e bate as palmas das mãos. O choque vibra pelos braços da dançarina até chegar aos seus ombros, que se contraem com breve ternura.

O terremoto provocado pela dançarina sobre o tablado, como era de esperar, faz com que Sevilha inteira pare. Nos jardins do Real Alcázar, os pombos gordos interrompem seu voo, ficam suspensos como balões de gás amarrados ao chão. Nas paredes das bodegas da Macarena, Jesus Cristo e os touros deixam de sangrar, finalmente. Nos infinitos balcões, o caminho das tapas e copas da mão à boca é adiado. Nas rampas da Giralda, as multidões de turistas italianos e ninfetas inglesas congelam seu íngreme caminho até o campanário. E os sinos das igrejas, que aqui tocam de quinze em quinze minutos, silenciam. E silenciam, na beira do rio Guadalquivir, as antes estrepitosas *penélopes-cruzes* esparramadas no chão com os cachorros mais feios do mundo, em noite de *botellón y porritos* com amigas.

Depois de um segundo vertical, tudo volta a funcionar na Andaluzia, e ninguém se dará conta da pausa provocada pela dançarina de flamenco, à meia-luz, na capela desativada de um mosteiro sem monjas. Só eu e o leitor da crônica ao percebermos que, sim, foi para nós que a dançarina finalmente olhou quando tudo veio abaixo.

***

A presença de oito séculos do islã por aqui não se nota apenas pelo nariz adunco da dançarina e pelo ritmo do seu rebolado. A catedral de Sevilha, maior igreja gótica do mundo, onde está enterrado Cristóvão

Colombo, tem como campanário a Giralda, um minarete do século XII – o templo católico foi construído no lugar de uma antiga mesquita, e parte dela foi adaptada depois da reconquista. A influência dos mouros é percebida na arquitetura e na música, mas é no céu que se faz mais importante. Em Sevilha, ou, como a chamavam os muçulmanos, *Ishbiliya*, todas as luas são crescentes, todas as estrelas têm oito pontas.

***

É um anoitecer demorado. Primeiro são os postes da ponte de Triana, que se acendem e pintam faixas trêmulas e douradas nas águas do rio Guadalquivir. Depois, pequenos morcegos, e logo o frio, a luz distante dos carros, o desembarque dos turistas dos barquinhos, os cachorros puxando suas donas pela coleira. E alguém à espera, na beira do rio. À espera de que os minutos se transformem em frases, e as horas em parágrafos – para que não precise mais escrevê-los.

A PITONISA CATALÃ

Quando uma das portas
é aberta, não vemos
prateleiras, gavetas ou
cabides, e sim um estreito
corredor de concreto...

Sob o toldo vermelho e rasgado, ao lado da porta de metal de um prédio sem número, há uma campainha silenciosa. O botão aciona uma lâmpada que pisca na parede do lado de dentro. Com sorte, em alguns minutos, alguém vê a luz e vem à porta. E, depois de breve aprovação visual, sobe um pouco da cortina de metal com o indicador estendido sobre os lábios – no momento da entrada, todo silêncio é pouco. Passamos pelo portal quase de joelhos. Por trás de nós, o sujeito confere se há mais alguém na rua escura e fecha a porta com cuidado.

O primeiro ambiente é uma discreta sala de estar, como se aquela fosse uma reunião de amigos na casa de alguém. Tudo está a meio-tom: as luzes, o som das vozes e as paredes sem cor. No fundo dessa sala, há um armário com duas portas espelhadas. Somos estranhamente conduzidos em direção ao móvel. Quando uma das portas é aberta, não vemos prateleiras, gavetas ou cabides, e sim um estreito corredor de concreto que leva a um cômodo posterior.

O que encontramos por trás da porta falsa do armário é um grande e barulhento salão. Está lotado de gente que se esparrama por sofás, poltronas e pelo piso. A mobília tem aspecto de sucata. Debruçado sobre uma mesa e comandado por uma dupla de ciganos, um grupo canta e bate palmas. Ao lado, um velho improvisa um *cajón* num criado-mudo. Além da música, há algumas brigas, logo apartadas, e casais amassando-se pelos cantos, nunca apartados. No fim de tudo, por trás de uma nuvem de maresia, há uma cozinha suja onde se pode comprar bebida.

Que é o motivo principal de estarmos nesse muquifo.

Depois de três horas da manhã, é praticamente impossível encontrar um bar aberto em Barcelona. Como a prefeitura endureceu a fiscalização, cassou licenças e limitou os horários de centenas de bares nos últimos anos, a opção para continuar a noite costuma ser entrar numa discoteca ou apelar para um bar clandestino, fora da lei, como esse no bairro do Raval, sem placa na fachada ou qualquer indicação que possa dar alguma pista a um pedestre distraído – ou à polícia.

A madrugada de Barcelona nos anos dois mil e zero tem algo de Chicago nos anos 30.

***

Voltamos ao bar ilegal. No caminho entre a cozinha e o sofá, enquanto equilibro quatro garrafinhas sobre o colo, uma mulher ruiva me intercepta. Ela me pede a mão. O viajante está sempre aberto ao inesperado. Sem questionar, pouso as garrafas na mesa e ofereço-lhe a mão. Ela diz que é a errada: "quero a esquerda", ordena. Obedeço-a como um cachorro. As técnicas quiroscópicas dessa mulher são estranhas: ela aperta fundo com os dedos a minha palma, fecha os olhos e levanta o pescoço grosso. Depois que minhas quatro garrafas desaparecem da mesa, a espanhola aproxima seus lábios de minha orelha e diz, como quem confessa um crime: "Você não possui mais nada neste mundo, meu querido. Já não existirá amanhã...".

E me dá um beijo de criança. Numa meia-volta, arremessa seus cabelos num voo curto sobre meu rosto e desaparece dentro de uma nuvem de fumaça, galopando sobre saltos de madeira.

***

Apesar da minha pitonisa catalã, o amanhã, até ontem, veio.

O NOVO MUNDO

Nós somos os autores e
as vítimas desse crime.

O mundo que conhecemos não existe mais.

O que há agora é outro, com regras e referências que ignoramos. No novo mundo, a cada momento temos a sensação de quem acorda de um sonho e não sabe onde está. Essa confusão, que normalmente dura o tempo de abrir os olhos, reconhecer o quarto e esquecer o sonho, para nós parecerá eterna. Não reconheceremos esse quarto sem paredes. Caminhar pelas ruas do novo mundo será tatear o escuro. Aqui, todas as esquinas serão desconhecidas.

Na tentativa de criar algum sentido para o novo mundo, crio uma narrativa constante em que conto a você o que vejo: um pombo morto na calçada, uma batida de carros, a oração dos homens descalços, o rosto das mulheres bonitas, um suicida bêbado no metrô – a canção que cantamos para ele – e a neve. Que ontem caiu em plena primavera, às dez e meia da noite, quando arrastava a ponta dos pés mais uma vez pela *rue* Oberkampf e ouvi um velho perguntar da janela: "Ei! O jovem senhor sabe para onde vai o branco da neve?".

Apesar de saber a resposta, não disse nada. Porque também há grandes espaços de silêncio e horas de apegar-se ao vazio. Nesses momentos, quando não há o que contar, invento histórias mentirosas e as cochicho para uma pequena cópia sua que carrego, enquanto procuro por um rastro dos seus olhos nos olhos da gente que passa pela rua. Mas ninguém te reconhecerá.

Não é simples contar essas histórias – depois da nossa desaparição, me custa dar nome às coisas: uma árvore, um cão, uma colher, uma estrela, uma catedral, uma caixa de fósforos. As palavras flutuam sem amarras, não se referem a nada conhecido: são amontoados ininteligíveis de traços nebulosos. A matéria do novo mundo se torna inominável, toda linguagem se traduz num esforço inútil.

E não apenas as palavras me faltam. Eu mesmo, recorrentemente, tenho a certeza de que estou em outro lugar. Subindo a linha três, encarando meu reflexo ausente do outro lado do vagão, sou a sombra de mim mesmo – um outro que pegou um desvio qualquer e se afastou do que deveria ser. Depois dessa breve constatação, saio flutuando pelo oceano pútrido que é o metrô de Paris, em lentos movimentos dentro do meu traje de escafandrista.

Que não fique nenhum engano: o novo mundo, onde tudo está deslocado e sem foco, é criação nossa. Nós somos os autores e as vítimas desse crime. Nós somos os arquitetos do doce desastre que esvazia gavetas e espalha nossos objetos sobre calçadas opostas do *boulevard*. Mas não restará culpa alguma: logo vestiremos o novo mundo como se tivéssemos nascido nele.

E aí, finalmente, aprenderemos a tirar a vertigem para dançar. E o novo mundo será inteiramente seu – e inteiramente meu.

A ÚLTIMA MADRUGADA

... despindo as paredes
num jogo de adivinhação
sobre o que aconteceria
por trás da fachada dos
últimos andares...

Na última madrugada, nos encontraremos sob um pirulito de esquina marcando o cruzamento de duas ruas que não se encontram (Rio Branco com Vinícius, Barata Ribeiro com Paissandu), e ali você apertará minha mão antes da nossa correria pelas avenidas desocupadas, entrando e saindo de jardins e parques imaginários, nossos corpos iluminados por uma lua minguante e fria, vigiados por umas poucas janelas acesas no topo dos prédios.

Por trás delas, cortinas vermelhas guardarão o sono de sabe-se lá quem, e nós dois perderemos horas sentados numa pedra de calçada, despindo as paredes num jogo de adivinhação sobre o que aconteceria por trás da fachada dos últimos andares, na penumbra dos quartos calados (uma luz de cabeceira desenha um círculo no teto, um vulto se mexe) e nos grandes salões vazios da avenida Atlântica (quadros azuis na parede, o movimento interrompido dos bibelôs).

Suas histórias sobre os apartamentos e seus moradores de ficção serão sempre melhores do que as minhas, e com essa doce derrota será inaugurada nossa última noite. Sem alarde ou desejo de estar em algum lugar em especial e, ao mesmo tempo, estando em todos os lugares, nos esparramando pela cidade aberta, asfaltando o chão com os nossos pés, erguendo a paisagem com os nossos olhares de criança.

Após esses jogos de imaginação na calçada, entraremos, sob a proteção de toda a cavalaria de Jorge da Capadócia, num subsolo qualquer em

Copacabana, onde você esquecerá meu nome depois de duas batidas de abacaxi e eu enlaçarei seu corpo num passo desastrado, enquanto todos do lado de fora de nós dois desbotarão, perdidos em outro fuso. Abafados pela fumaça, dois andares abaixo das pedras portuguesas, riscaremos com os pés o traço de fronteiras entre países desconhecidos: eu perdido num cabaré da Europa Oriental, você escondida num beco em Damasco, vestindo um véu nos ombros sob a marcação de um surdo desafinado e o fim do terceiro refrão.

Lá fora, abandonando o tempo do mundo, espreguiçaremos nossos tentáculos um para dentro do outro, dançando o último samba da última madrugada, que será entoado no meio da rua, na passagem dos carros ausentes, por um grupo de malandros cabisbaixos, daqueles que, como nós, varam a noite batucando tamborins até o início do dia.

Depois, e recorrentemente, teremos sono na última madrugada. Deitaremos na praia, você pousada nas minhas coxas, eu perdido nas suas órbitas, e veremos o oceano riscar elipses na areia. Sobre o mar, a ponte prateada derramada pela lua se esticará do abismo (o horizonte, atrás das ilhas Cagarras) até a ponta dos nossos dedos descalços e sujos (os seus num movimento constante, os meus calados e embrutecidos). Na nossa última madrugada, seremos como os galhos de duas árvores que não se veem, mas que se tocam quando venta.

Teremos fome, e comeremos numa confeitaria no Leblon, num hotel na Presidente Vargas, num bingo no Catete, no Capela da Lapa. Depois, numa calçada da Mem de Sá, você vai me empurrar num balcão iluminado onde comprará uma ficha de videokê para cantar, trôpega, a última de amor. Longe, carros vão frear, alguém vai quebrar uma janela. Haverá também o miado dos gatos, as baratas e ratos inaugurando bueiros. Um grito abafado de mulher. E a multidão silenciosa, deitada em milhões de camas, encolhida sob as marquises, flutuando sobre nós e a cidade.

Antes de voltar para casa, no ponto de um ônibus que nunca chegará, você vai me perguntar se eu posso ouvir, por trás do silêncio, os sonhos de todos os que dormem: "São milhões sonhando enquanto estamos acordados". E eu vou te contar mentiras e dizer que sim. Que posso ouvir todos os sonhos do mundo. Que, na verdade, eu e você somos sonhados por outros, que agora dormem. Que a nossa última madrugada jamais amanhecerá.

Este livro foi composto em Minion Pro e Caecilia
para Leya no outono de 2012